허영만

이토록 맛있는

일본이라면

맛 좀 아는 '식객'의 침샘 자극 일본 여행기

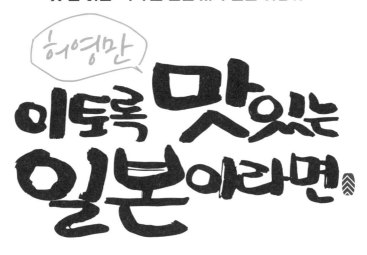

허영만·이호준 지음

가디언

"일본에 가면 어디서 무엇을 먹어야 하나요?"

《식객》이후 국내는 물론이고 국외 여행코스나 맛집에 대한 질문을 자주 받는다.

하지만 사람마다 여행의 스타일도 입맛도 다른지라 아주 난감하다.

"그래도…"라고 또다시 묻는다면 "남들 다 가는 오사카, 도쿄 말고 일본의 작은

도시로 가세요"라고 말해준다.

선생님과 나는 《허영만 맛있게 잘 쉬었습니다》에서 2년간 13개 지방을 구석구석

돌아다니며 찾아낸 일본의 숨겨진 맛집과 온천을 소개했다. 이번 일본 여행도 그랬

다. 일본의 작은 도시들을 발굴하고 그곳의 숨겨놓은 보물 같은 식당이나 명소를

찾아 나서자는 비장한 결심을 했다. 뜨내기들의 식당이 아닌 '진짜 식당'을, 줄 서

서 사진 찍는 관광지가 아닌 '진짜 명소'를 말이다. 우리는 한정된 시간 속에서 일

본 구석구석을 돌아다니느라 이번 여행 역시 고생을 사서 했지만 맛있는 음식이 주는 행복감에 그 모든 것을 잊을 수 있었다.

여행의 참맛은 무엇일까.

'얼마나 많은 곳을 찍었느냐'가 아니라 '얼마나 여유를 느꼈느냐'는 것이다.

맛의 천국답게 도시든 지방이든 일본에는 엄청나게 많은 식당이 있다. 무턱대고 끌려다니거나 혹은 유명하다는 말만 듣고 식당 문을 연다면 참으로 안타까운 일이 벌어진다. 맛없는 음식은 여행하는 순간에도 그리고 돌아와서도 우리를 기분 나쁘게 한다. 반대로 맛있는 한 끼는 세상 부러울 것 없는 행복감을 준다.

이 책을 쓰면서 참 행복했다. 지난 2년간 취재한 10곳의 작은 도시들은 입안 가득 행복감을 느끼게 해주었으며, 여행의 깊이를 깨닫게 해주었다. 일본자치체국제화협회 크레아(Clair) 서울사무소 덕분에 일본의 숨겨진 보물 같은 곳을 소개받을 수 있어 행운이었고, 일본어에 까막눈인 우리를 그림자처럼 따라다니며 통역해준 국제교류원 스태프들도 고맙다.

어떤 방식으로든 자신을 충전하고, 앞으로 살아갈 에너지를 얻는 휴식 시간을 가질 수 있다면 그것이야말로 참된 여행이 아니겠는가. 여행의 행복감을 맛보러 지금 당장 떠나보자.

허영만 · 이호준

※허영만 선생님과는 오랫동안 인연을 이어온 터라 책에서 선생님에 대한 호칭을 어떻게 써야 할지 항상 고민이 됩니다. 선생님과 함께한 일본 온천 여행기인 《허영만 맛있게 잘 쉬었습니다》에서 그랬듯이 '선생님' 외에는 적당한 호칭이 떠오르지 않더군요. 독자 여러분의 넓은 이해를 바랍니다.

· 차 례 ·

'오키나와에선 돼지는 울음소리 빼고 다 먹는다'라는 말이 있
듯 오키나와는 돼지고기 요리 천국이다. 에메랄드빛 바다를
끼고 라후테와 고야찬푸루에 600년 역사를 간직한 오키나와
전통주 아와모리 또는 오리온 맥주 한 잔이면 세상 부러울 것
이 없다.

일본인들에게 평생에 한 번은 방문해야 하는 성지 대접을 받
고 있는 이세신궁이 있고, 특산품인 이세차가 일품이다. 여기
에 열혈팬을 거느린 이세 우동과 장어 덮밥, 최고의 육질을 자
랑하는 마쓰사카 소고기, 해녀들이 직접 채취한 진주 요리 등
먹을거리가 풍부하다.

구로베 협곡 위를 달리는 도롯코 열차에서 먹는 에키벤은 일
본 기차여행의 매력을 선사한다. 도쿄라멘쇼에서 2년 연속 판
매 1위를 달성한 블랙 라멘, 도야마의 보석으로 불리는 시로에
비 회는 환상적인 맛을 자랑한다. 2,450m에 위치한 호텔에서
다테야마 연봉을 바라보며 즐기는 식사는 눈과 입을 즐겁게
한다.

일본에서 가장 일본스러운 곳, 이시카와

일본 3대 정원 겐로쿠엔의 기품과 격조는 타의 추종을 불허한다. 광고, 드라마, 영화의 촬영지로 각광받는 지리하마 나기사 드라이브웨이, 칠기로 유명한 와지마 공방, 화려한 기리코 회관 등 풍성한 볼거리가 있다. 쌀과 물은 물론이고 현지 해산물과 농산물로 요리한 노토돈은 속을 든든하게 해준다.

소설 《설국》의 배경, 니가타

노천탕에서 설경을 바라보며 마시는 사케 한 잔은 말 그대로 신선놀음이다. 양조장 수가 93곳에 달하는 니가타는 '일본의 부르고뉴'라 불리기에 손색이 없다. 스시 장인들이 만드는 가와미, 나눠 먹는 묘미가 있는 헤기소바, 사케 브랜드의 집합소 폰슈칸, 속재료를 골라 먹는 폭탄주먹밥 등의 인기는 독보적이다.

우동의 본고장, 가가와

전 세계 우동의 대명사로 통하는 사누키 우동의 본고장. 가가와 사람들의 연간 우동 소비량은 개인당 230여 그릇으로 일본 내 1위다. 무라카미 하루키도 반한 면의 탄력은 중독성이 강하다. 그래서 이 특별한 우동을 먹으러 간다 말하지 않고 순례를 떠난다고 표현한다. 세상에서 가장 맛있는 우동 순례는 언제나 만원이다.

미식의 도시, 사가

일본 잔치 음식의 진수를 보여주는 가라쓰쿤치 요리, 야들야들한 탄력과 녹아내릴 것 같은 부드러운 식감의 가와시마 자루 두부, 쫄깃한 식감과 향긋한 향으로 승부하는 별미 오징어회, 멧돼지고기 전골요리 보탄나베, 명물 화과자 송로만주, 명물 버거 가라쓰버거 등 이색적인 맛을 즐기기에 제격이다.

〈오싱〉의 촬영지, 야마가타

야마가타 소바로드는 소바 마니아들에게는 축복의 장소다. 면 만들기 체험과 더불어 자신이 만든 면으로 소바를 삶아 먹는 독특한 프로그램은 큰 인기를 얻고 있다. 《신의 물방울》에 소개된 다카하타 와이너리, 〈오싱〉의 무대였던 느티나무 가로수 길을 구경하면 마치 주인공이 된 듯한 착각에 빠진다.

평화가 깃든 땅, 히로시마

'미슐랭가이드' 별점의 영광을 얻은 이와소 가이세키. 그 맛은 저절로 미소를 짓게 만든다. 오사카와 쌍벽을 이루는 히로시마 오코노미야키, 탱탱한 식감과 담백한 뒷맛의 굴구이를 먹기 위해 전국에서 몰려온다. 히로시마 평화기념공원 내 한국인 위령비는 인류 비극의 상징으로 숙연함을 더한다.

미야자키의 소주는 일본 소주 판매 1위를 자랑한다. 여기에 '토종닭 맛 콘테스트'에서 우수상을 탄 지도리를 곁들이면 그보다 행복할 수 없다. 일본 열도에서 바다 빛깔이 가장 아름다운 미야자키는 드라이브 코스 및 자전거 일주 코스로 큰 사랑을 받고 있다.

허영만의
일본 식도락 코스

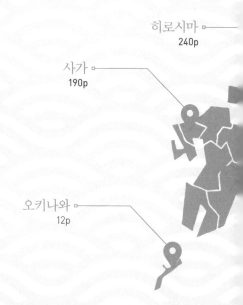

야마가타
216p

니가타
136p

이시카와
110p

도야마
78p

미에
48p

가가와
166p

미야자키
264p

장수 마을
오키나와

먹   을   거   리

전형적인 맛에서 찾는 진짜 맛,
오키나와식 돼지고기 요리

초여름 어설프게 내려앉은 더위와 오락가락 가랑비가 뒤섞인 저녁의 골목은 질척이는 습기로 행인들의 움직임을 더디게 만들었다. 여행자에게 필요한 복은 화창한 날씨와 맛있는 음식이라고 했다. 하지만 열대의 바다 어딘가에서 발생했다는 소형 태풍 소식은 남은 일정에 대한 기대감을 송두리째 날려버렸다. 이제 남은 것은 오직 음식뿐이라는 보상심리는 기대감과 불안감을 동시에 몰고 왔다. 땀에 흠뻑 젖은 우리는 가정식 요릿집이자 선술집인 만주마이(まんじゅまい)로 들어갔다.

오키나와라면 으레 옥빛 푸른

바다를 마주한 방갈로에 앉아 시원한 샴페인 한 잔과 달콤한 열대과일을 즐기는 포스터 속 주인공을 상상한다. 애석하게도 만주마이의 외관은 포스터 속 이미지와는 확연하게 달랐다.

'이런…'

우리의 불안함을 달래준 것은 차가운 에어컨 바람과 유명인의 사인과 요리 이름으로 가득 찬 벽면의 공간이었다.

'오키나와에선 돼지는 울음소리 빼고 다 먹는다'라는 유명 셰프의 말을 증명이라도 하듯이 메뉴판은 돼지고기 요리로 빼곡히 채워져 있었다. 결국 순간적인 결정 장애에 빠진 우리는 "잇판테키나 아지"를 주문했다. 즉, 전형적(典型的)인 맛을 외쳤다. 전형적인 맛이야말로 비록 짧은 시간일지라도 그 지역의 역사와 문화 그리고 사람 곁으로 다가서는 지름길이라 판단했기 때문이다. 그것이 여행의 참맛 아니겠는가.

날씨마냥 짓궂은 주문이었건만 그 의미를 눈치챘는지 주인장의 화답은 오독오독 경쾌한 식감의 돼지 귀 샐러드로 시작됐다. 연이어 돼지내장볶음국수, 숙주돼지볶음, 오징어먹물돼지고기볶음, 족발튀김, 오키나와 소바가 상을 점령했다. 상이 비좁아 중앙의 빈 공간을 채우려는 순간 주인장은 오늘의 하이라이트 음식을 내려놓았다. 재패니메이션의 제목과도 같은 '라후테(ラフテー)'와 '고야찬푸루(ゴーヤチャンプルー)'의 등장에 호기심이 발동했다.

　중국의 동파육과 모양과 맛이 비슷한 라후테는 류큐국 시절 중국 사신들을 대접
하기 위해 궁여지책으로 중국에서 요리법을 배워 와야 했던 역사의 궤적을 응축한
요리다. 역사를 품고 있는 음식이라 특별할 거라는 기대와 달리 여러모로 특징이
없어 아쉽고 섭섭하던 찰나 고야찬푸루를 곁들이니 상의 정중앙 자리가 아깝지 않
을 정도로 맛의 차원이 달라졌다. 고야는 우리나라의 여주 같은 채소로 오이와 비
슷한 크기에 오톨도톨 돌기로 뒤덮인 모양이 독특한데 두부, 계란 등을 넣고 볶으
면 찬푸루가 되는 것이다. 고야의 쌉쌀한 풍미는 기름진 비계 맛과 간장의 짠맛을
중화시켜주었으며 꼬독꼬독한 식감은 돼지고기의 부드러움을 보다 입체적으로 느
끼게 해주었다. 이를테면 '삼겹살에 김치' 같은 조합이었다. 여태껏 나온 접시들을

찬찬히 살펴보니 약방의 감초처럼 모든 요리에 고야가 쓰였다. 고야는 중국에서 유래된 돼지고기 요리를 오키나와스럽게 만드는 핵심병기이자 비밀병기였던 것이다.

라후테와 고야찬푸루를 끝으로 전형적인 맛이 가득한 상이 드디어 완성되었다. 우리는 얼추 배가 불렀음에도 남은 음식이 아까워 요령껏 주인장에게 술잔 꺾는 시늉을 하니 아와모리(泡盛)가 나왔다. 아와모리는 술을 가리키는 오키나와 방언이지만 일본에서 가시고마 소주에 버금갈 정도로 높은 평가를 받고 있다. 아와모리는 샴(Siam, 태국의 옛 명칭)에서 수입한 쌀로 빚은 청주를 증류한 술인데 류큐왕조 때는 왕부의 엄격한 관리하에 통제를 하였고, 에도 막부 때까지도 외국 사신에게 보내는 예물로 귀히 쓰였다고 한다.

▲ 족발찜. 돼지고기 요리가 풍부한 오키나와
▶ 허영만 선생님이 그린 캐리커처는 언제나 인기 만점

◀ 주인장과 옆테이블 손님. 샤미센 연주로 분위기는 절정에 다달았다.

역시 기름진 돼지고기에는 독주인 아와모리만 한 것이 없다. 이로써 전형적인 술자리가 마련된 것이다. 더는 2, 3차를 외치며 들어올 손님이 없음을 직감한 주인장은 전통악기 샤미센을 들고 이방인을 위해 민요로 환영가를 불러주었다. 이방인은 박수와 젓가락 장단으로 환대에 맞장구를 쳐주었고, 이에 질세라 옆 테이블의 손님은 아리랑으로 분위기를 고조시켰다. 태풍이 북상 중이라는 TV 마감뉴스는 잠시 잊고 우리는 어깨춤을 들썩이며 'This is Okinawa!'라고 외치며 엄지를 세웠다.

전형적이란 말은 반복이 만든 대표성이다. 이 대표성은 일상적이어서 친근하고, 본질적이어서 투박하다. 그래서 그토록 정감 어린, 오키나와의 전형적인 초여름 저녁 날씨에 전형적인 맛과 함께 전형적인 술자리가 시나브로 익어가고 있었다.

만주마이まんじゅまい

대표메뉴 고야찬푸루 650엔, 라후테 600엔, 소바정식 650엔 **영업시간** 11:00~21:30(8~9월을 제외하고는 매주 일요일 휴무. 12월 31일~1월 3일 휴무) **찾아가는 법** 유이레일-겐초마에역(県庁前駅) 도보 2분 **주소** 오키나와 현 (沖縄県) 나하 시(那覇市) 구모지(久茂地) 3-9-23 **전화번호** 098-867-2771

장수 음식의 매력, 하라하치부

일본 최장수마을
오키나와
93세 노인이다

오키나와의 작은 어촌 오기미(大宜味)의 길가에 위치한 에미노미세(笑みの店). 일본 내에서도 장수(長壽) 인구 비율이 높은 지역답게 이 음식점의 주메뉴는 장수 식단이다. 동네 주민인 93세 스미코(澄子) 할머니의 식사를 그대로 옮긴 것이 특징이다. 혹시나 해서 미리 말하지만 장수 식단이라고 해서 신비한 재료나 대단한 비법이 숨어 있을 거란 막연한 기대는 금물이다. 기대감은 곧 실망으로 이어질 공산이 크다.

실제로 차려진 장수 식단의 면면을 살펴보면 주재료는 돼지고기, 생선, 해초, 채소이며 차림 또한 소박하다. 조리법도 현란한 기교나 과한 양념과는 거리가 멀다. 돼지고기는 삶아 기름을 빼고, 생선은 굽고, 해초와 채소는 살짝 데쳐 무친 것이 전부다. 맛 또한 자극에 길들여진 현대인의 입맛에는 섭섭할 정도로 밋밋하고 싱겁다. 소금과 젓갈 사용을 줄여 짜지 않게 저염식을 유지하며 신맛과 단맛 역시 극도로 자제했기 때문이다. 전 세계 장수촌의 요리법과 별반 다름이 없다.

더불어 삶의 태도 역시 평범하다. 평온한 미소와 함께 스미코 할머니가 던진 마지막 한마디가 여전히 가슴에 남는다.

"장수의 비결은 노래와 웃음 그리고 하라하치부(腹八分)야."

하라하치부란 위의 80%가 차면 젓가락을 놓는다는 뜻이다. 한마디로 소식하란 말이다.

에미노미세笑みの店

대표메뉴 조주젠(長寿膳) 1,750엔
영업시간 9:00〜17:00(매주 화,
수, 목 휴무) **주소** 오키나와 현(沖
繩県) 구니가미 군(国頭郡) 오기미
촌(大宜味村) 오가네쿠(大兼久) 61
전화번호 0980-44-3220

또 다른 먹을거리

1.오키나와 소바(沖繩そば)

　소바라고 하면 으레 메밀을 떠올리
지만 오키나와 소바는 제면할 때 100%
밀가루를 사용한다. 돼지고기와 더불어
오키나와를 대표하는 음식으로 '소바
데이'를 지정할 정도로 지역민들의 소
바 사랑과 자부심은 대단하다. 오키나
와 내 지역마다 조리법과 고명에 약간
의 차이는 있으나 돼지 뼈로 우린 구수
한 육수와 고기 고명은 불문율처럼 여
겨진다. 두툼한 면의 외관은 우동처럼
보이고 식감은 칼국수와 비슷하다.

2.오리온 맥주(オリオンビール) 1957

제2차 세계대전 이후 미군정에 의해 1948년 출시된 맥주로 오키나와에서 맥주를 주문하면 십중팔구 오리온이다. 지역 맥주라는 특수성과 함께 현 내에서 소비되는 오리온 맥주에 대해 20%의 주세를 감면해주는 특별조치법을 제정함으로써 지역 소비를 독려하고 있기 때문이다. 이런 이점을 살려 현재 일본 내 맥주 브랜드 5위로 성장했으며 주변의 깨끗한 자연환경이 주는 신뢰감 덕분에 아사히 맥주와 같은 타 브랜드의 일정 수량을 위탁 생산하고 있다. 오리온 맥주 공장은 견학도 가능하다.

오리온 맥주 정보

가격 DRAFT BEER 350ml 12캔 3,599엔 **주소** 오키나와 현(沖縄県) 우라소에 시(浦添市) 아자구스쿠마(字城間) 1985-1 **전화번호** 098-877-1133 **홈페이지** www.orionbeer.co.jp

오리온 해피파크オリオンハッピーパーク 공장 견학

공장 견학 09:20~16:40 **입장료** 무료 **찾아가는 법** 나하 버스터미널에서 20번 또는 120번 버스 탑승 후 요후케(世冨慶) 정류장 하차, 택시로 약 5분 **주소** 오키나와 현(沖縄県) 나고 시(名護市) 아가리에(東江) 2-2-1 **전화번호** 098-054-4103 **홈페이지** www.orionbeer.co.jp/happypark/tour

3.아와모리(泡盛)

약 600년의 역사를 간직한 오키나와 전통 증류주. 아와모리의 맛을 이해하기 위해선 쌀 품종과 기후를 반드시 짚고 넘어가야 한다. 일단 아와모리는 태국에서 전래된 '라오카오'가 바탕인데, 소위 남방미로 통하는 인디카 품종이 술 제조에 쓰였다는 의미를 지니고 있다. 여기에 사케 제조가 불가능한 덥고 습한 아열대 기후가 합쳐져 독특한 풍미를 자랑하는 아와모리가 탄생한 것이다. 고구마, 보리 등을 사용하는 타 지방의 증류주와 달리 오직 쌀, 물, 누룩만 사용한다.

4.하부슈(ハブ酒)

우리나라에선 혐오식품으로 취급하는 뱀술이지만 오키나와에선 당당히 지역 특산품으로 인정받고 있다. 하부는 오키나와 말로 독사를 뜻한다. 뱀술의 모양이나 제조법은 우리나라와 비슷하다. 단, 술은 아와모리를 써야 한다. 관광객의 발길이 끊이지 않는 국제 거리 등에서도 당당하게 전시, 판매를 하는 풍경도 이색적이다.

5.모즈쿠(もずく, 큰실말)

소바면을 닮은 해조류. 우리말로는 큰실말로 해석이 가능하다. 오키나와 식단에서 빠지지 않는, 약방의 감초 같은 역할을 하고 있다. 대개 초절임인 모즈쿠스(もずく酢)로 먹는데 일본 내 이자카야 등의 식당에서 애피타이저로 각광받고 있다. 최근 급부상한 모즈쿠

튀김은 오리온 맥주와 최고의 궁합을 자랑한다. 일본 전체 생산량의 90% 이상을 차지할 정도로 모즈쿠에 있어서 오키나와는 독보적인 위치를 차지하고 있다.

6.고야(ゴーヤ)

오키나와 사람들이 가장 즐겨 먹는 채소다. 크기는 오이, 두께는 애호박 정도이며 작은 돌기들이 표면을 뒤덮고 있는데 그 모양이 눈길을 끈다. 한국에선 여주라고 하며 겉껍질만 식용에 쓴다. 아삭한 식감과 쓴맛이 강렬한데 오키나와 사람들은 '고야의 쓴맛은 먹을수록 당기는 중독성이 있다.'라고 표현할 정도다. 고야를 두부, 달걀과 함께 볶은 고야찬푸루가 대표적인 요리로 '여러 재료를 섞어 고야와 함께 볶는다.'는 뜻이 담겨 있다.

7.사타안다기(サターアンダギー)

오키나와 방언으로 설탕과자를 뜻하는 전통 도너츠다. 돼지기름에 튀겨 흑설탕

을 뿌려 먹어야 제맛을 느낄 수 있다. 고소하고 달달한 사타안다기는 진스코(ちんすこう)와 더불어 오키나와를 대표하는 간식으로 이름이 높다.

8.사탕수수

오키나와 지역 경제를 좌지우지하는 중요 농산물이다. 이 사탕수수로 만든 흑설탕은 기존의 설탕과는 다른 풍부하고 다양한 풍미를 담고 있다. 대개 덩어리 형태로 팔며 그 자체로도 사탕과 같은 간식으로 취급된다.

칙사 대접을 그대로, 요쓰타케 궁중요리

오키나와 전통 궁중요리 전문점. 여기서의 궁중요리란 국왕 책봉식에 참석한 중국의 칙사들을 대접하기 위한 류큐국의 전통 음식을 말한다. 그들을 위해 중국 요리사들에게 직접 요리를 전수받았다고 하니 요리 스타일이나 상차림이 중국의 영향을 강하게 받았다고 보면 된다. 각종 돼지고기 요리와 두부 요리가 상차림의 기본 요소이며 특히 구절판이 친근하게 다가온다. 궁중무용과 함께 요리를 즐길 수 있어 중국

의 칙사 대접을 그대로 느낄 수 있다. 이때 선보이는 궁중무용은 4~5가지 종류로 각각의 무용마다 류큐국의 전설이나 아름다운 사연을 담고 있다. 힘차고 흥겨운 민간춤 '에이사(エィサー)'와 달리 절제되고 기품을 중시하는 동작이 인상적이다. 공연마다 화려한 복장이 함께하며 태권도의 동작과 비슷한 춤도 있어 흥미롭다. 특히 경연에서 상을 받은 무용수만이 출 수 있다는 '야나기(やなぎ, 버드나무) 춤'이 압권이다.

요쓰타케 구메점四つ竹 久米店

대표메뉴 점심 특선 1,000~3,500엔 / 코스요리 3,500~13,000엔 ※류큐 무용만 감상 시 1,620엔(소비세 포함)
영업시간 18:00~22:00(무용 공연 시간 19:30) **찾아가는 법** 유이레일 아사히바시역(旭橋駅) 도보 20분 **주소** 오키나와 현(沖縄県) 나하 시(那覇市) 구메(久米) 2-22-1 **전화번호** 098-866-3333 **홈페이지** www.yotsutake.co.jp

스이둔치

이시다타미미치(石疊道)의 분위기에 완
벽히 어울리는 음식점. 슈리성(首里城)
을 구경하고 이 길을 산책하다 잠시 여
유롭게 식사를 즐기고 싶다면 스이둔치
(首里殿内)만큼 적당한 장소는 없을 것이
다. 오키나와 소바와 흑돼지 돈가스가
유명하며 선택이 힘든 이들을 위해 세
트 메뉴를 제공하고 있다. 작은 규모이
지만 박물관을 운영하고 있으며 아기자
기한 일본식 정원도 눈요기에 그만이다.

대표메뉴 오키나와 소바 정식 880엔, 오로시카츠 정식 1,780엔 **영업시간** 연중무휴 런치(11:00~), 디너(17:00~23:00) **주소** 오키나와 현(沖縄県) 나하 시(那覇市) 슈리킨조 정(首里金城町) 2-81 **전화번호** 098-885-6161 **홈페이지** www.sui-dunchi.com

우후야

백 년 전통을 자랑하는 오키나와 소바 전문점. 우후야(大家) 소바, 오키나와 소바, 소키 소바 등 오키나와의 다양한 소바를 한곳에서 맛볼 수 있으며 두부와 파파야 장아찌도 맛 좋기로 유명하다. 백 년 역사가 넘은 메인 건물을 중심으로 산언덕 곳곳에 건물들이 미로처럼 연결되어 있는 배치 또한 특이하다. 이외에 넓은 정원과 인공 폭포 그리고 오키나와 체험관 등 대가라는 이름에 걸맞은 규모를 갖추고 있다. 오키나와의 습하고 더운 날씨에 축복과도 같은 식사 장소다.

대표메뉴 우후야 소바세트 1,080엔, 오키나와 소바세트 980엔, 흑돼지 소바세트 1,620엔 **영업시간** 런치 (11:00~17:00), 디너(18:00~22:00) **주소** 오키나와 현(沖縄県) 나고 시(名護市) 나카야마(中山) 90 **전화번호** 0980-53-0280 **홈페이지** www.ufuya.com

류큐왕국의 궁전

슈리성 首里城

오키나와의 명소 중의 명소. 18세기 일본에 편입되기 전까지 류큐국의 왕이 머물렀던 성으로 제2차 세계대전 당시 폭격으로 전소한 성터를 최근에 복원했다. 건물의 규모와 성벽의 정교함 그리고 빨간색 목조건물과 대비되는 화려한 금칠은 통일 이후 류큐왕국 오백 년 역사의 영화를 가늠하기에 충분하다.

입장료 성인 820엔, 고등학생 620엔, 초·중학생 310엔 **개장시간** 무료구역 08:00~19:30(7~9월 20:30까지, 12~3월 18:30까지) 유료구역 08:30~19:00(7~9월 19:30까지, 12~3월 17:30까지) **찾아가는 법** 유이레일 슈리역(首里駅)에서 도보 15분 **주소** 오키나와 현(沖縄県) 나하 시(那覇市) 슈리킨조 정(首里金城町) 1-2 **전화번호** 098-886-2020 **홈페이지** www.oki-park.jp/shurijo

긴조초노 이시다타미미치 金城町の石畳道

슈리성 주변 마을을 관통하는 길로 '일본의 아름다운 길 100선'에 당당히 이름을 올렸다. 이시다타미미치란 돌로 만든 다다미길을 의미하는데 명성에 걸맞게 돌과 이끼의 조화가 골목 산책의 기쁨을 더해준다. 길 주변에 유명 음식점들이 위치하고 있으니 놓치지 말길.

찾아가는 법 유이레일 슈리역(首里駅)에서 도보 12분, 슈리성(首里城)에서 도보 5분 **주소** 오키나와 현(沖縄) 나하 시(那覇市) 슈리킨조 정(首里金城町) **전화번호** 098-868-4887

▲ 이시다타미 입구. 일본에서 아름다운 100대 길로 선정된 돌길이다.

◀ 경사가 심한 이시다타미를 걸어서 올라가고 있다. 꽤 힘든 길이다.

국제거리

오키나와 최대 도시 나하의 관광 중심지로 미군정의
흔적이 남아 있어 우리의 이태원과 비슷한 분위기를
연출하고 있다. 제2차 세계대전 이후 재건이 시작된
거리인 탓에 현지에선 '기적의 1마일'로 불린다. 다양
한 식당을 비롯해서 잡화점과 기념품 판매점 그리고
상가가 가득한 평화거리(平和通り), 오키나와 토속품과
특산품을 만나볼 수 있는 마키시 공설시장(牧志公設市
場) 등이 국제거리(国際どおり) 관광의 포인트다.

찾아가는 법 유이레일 겐초마에역(県庁前駅), 미에바시역(美栄橋駅), 마키
시역(牧志駅)에서 하차 **주소** 오키나와 현(沖縄県) 나하 시(那覇市) 슈리킨
조 정(首里金城町)

2차대전때 초계항구가 된
오키나와는 도시의 역사가 길지 않다
잿빛 시멘트 집이라 일본을 간판을 빼면
어딘지 알 수 없을정도로 일본색이 없다

시사

시사(シーサー)는 오키나와의 수호신이자 마스코트로 사자(獅子)를 뜻한다. 전통적으로 악귀를 쫓고 집안의 불행과 화를 예방하는 역할을 담당한다. 가옥의 지붕이나 난관 그리고 길거리 곳곳에서 이 시사를 만날 수 있는데 거짓말을 조금 보태 오키나와 인구보다 많다고 해도 과언이 아닐 정도다. 시사는 건물 앞이나 대문 앞에 두는 커다란 것부터 선반 위에 두는 작은 장식, 휴대전화 장식까지 크기가 다양한데 국제거리 근처의 도자기 거리인 쓰보야야치문도리(壺屋やちむん通り)에 가면 다양한 시사 기념품을 만날 수 있다.

쓰보야야치문도리

찾아가는 법 쓰보야(壺屋) 버스 정류장에서 도보 1분, 유이레일 마키시역(牧志駅)에서 도보 15분, 아사토역(安里駅)에서 도보 8분, 국제거리에서 도보 7분 **주소** 오키나와 현(沖縄県) 나하 시(那覇市) 쓰보야(壺屋) 1-9-32 **홈페이지** www.tsuboya-yachimundori.com

오키나와 여행의 진수는 '여유, 이고'

今帰仁村
나키진 촌의
나키진 성터

나키진 성터 今帰仁城跡

15세기 류큐국 통일 이전 오키나와를 분할했던 북부, 중부, 남부의 세 왕국 중 북부 지방 왕국이 자리를 잡았던 성터로 세계문화유산이기도 하다. 류큐국의 고대 성곽이라는 역사학적 가치와 더불어 오키나와 여러 성터가 그러하듯 바다를 한눈에 조망할 수 있는 지리적 이점으로 관광객들의 발길이 끊이지 않고 있다.

입장료 성인 400엔, 초·중·고등학생 300엔 **운영시간** 연중무휴 08:00~18:00 **주소** 오키나와 현(沖縄県) 구니가미 군(国頭郡) 나키진 촌(今帰仁村) 이마도마리(今泊) 5101 **전화번호** 0980-56-4400 **홈페이지** www.nakijinjo.jp

오키나와 월드 おきなわワールド

오키나와의 문화, 역사, 자연을 체험하고 한눈에 파악할 수 있는 장소다. 특히 노천 극장에서 시간마다 펼쳐지는 에이사 공연이 단연 인기다. 에이사는 추석 무렵 조상들의 혼과 함께 오는 마귀와 잡귀를 쫓기 위해 추는 오키나와 전통춤으로 지역 청년들이 직접 참여한다는 점에서 그 의미가 더욱 크다. 더불어 약 30만 년 전의 산호초로 만들어진 종유동굴인 교쿠센도(玉泉洞) 역시 필수 관광 코스다.

입장료 프리패스 성인 1,650엔, 어린이 830엔 / 교쿠센도&왕국촌 성인 1,240엔, 어린이 620엔 / 왕국촌 성인 620엔, 어린이 310엔 / 허브박물공원 성인 620엔, 어린이 310엔 **영업시간** 연중무휴 09:00~18:00 **찾아가는 법** 나하 버스터미널에서 54번 또는 83번 버스 승차 후 교쿠센도마에(玉泉洞前) 정류장 하차 **주소** 오키나와 현(沖縄県) 난조 시(南城市) 다마구스쿠마에카와(玉城字前川) 1336 **전화번호** 098-949-7421 **홈페이지** www.gyokusendo.co.jp/okinawaworld

류큐무라 琉球村

오키나와 전역에 흩어져 있는 고가들을 한데 모아 개장한 민속촌. 빨간 기와가 인상적인 가옥들과 이끼 낀 돌담 길 사이를 걷다 보면 마치 고대 류큐왕국에 온 듯한 착각에 빠져든다. 공간 곳곳에 제당, 염색, 직물, 다도, 도예 등 다양한 오키나와 전통 체험 프로그램을 마련해 관광객의 참여를 유도하고 있다.

입장료 성인 1,200엔, 소인(6~15세) 600엔 **영업시간** 10~6월 08:30~17:30, 7~9월 09:00~18:00 **찾아가는 법** 나하 버스터미널에서 20번 또는 120번 버스 승차 후 류큐무라마에(琉球村前) 정류장 하차 **주소** 오키나와 현(沖縄県) 구니가미 군(国頭郡) 온나 촌(恩納村) 야마다(山田) 1130 **전화번호** 098-965-1234 **홈페이지** www.ryukyumura.co.jp/official

■ 오키나와의 전통 민속촌 격인 류큐무라

오키나와 추라우미 수족관

세계 두 번째 규모를 자랑하는 아쿠아리움. '천 번 다이빙에 한 번 봐도 행운'이라는 10m 크기의 고래상어 3마리는 추라우미 수족관(沖縄美ら海水族館)의 상징이다. 폭 35m, 길이 27m, 깊이 10m인 메인 수족관은 세계 최대 크기로 기네스북에 등재되었다. 메인 수족관 너머로 유유히 헤엄치고 있는 고래상어와 갖가지 해양생물들을 보노라면 마치 바닷속에서 함께 호흡하는 생동감이 전해진다. 이외에도 800여 종의 산호를 관찰할 수 있는 '산호의 바다'와 돌고래 쇼 등 다양한 전시실과 공연은 관람객들의 눈길을 사로잡는다.

입장료 성인 1,850엔, 고등학생 1,230엔, 초·중학생 610엔 ※16시 이후 입장 시 성인 1,290엔, 고등학생 860엔, 초·중학생 430엔 **영업시간** 10~2월 08:30~18:30, 3~9월 08:30~20:00 **휴관일** 12월 첫째 주 수요일, 목요일 **찾아가는 법** 나고(名護) 버스터미널에서 65번 또는 66번, 70번 버스 승차 후 기넨코엔마에(記念公園前) 정류장 하차 **주소** 오키나와 현(沖縄県) 구니가미 군(国頭郡) 모토부 정(本部町) 이시카와(石川) 424 **전화번호** 0980-48-3740 **홈페이지** www.oki-churaumi.jp

세이화우타키

우타키는 신성한 지역이란 뜻으로 그중 가장 신성한 지역이 바로 세이화우타키(斎場御嶽)다. 오키나와 섬의 창조신화가 시작된 곳으로 열대 우림과 기이한 지형들이 신비로움을 더한다.

입장료 성인 200엔, 초·중학생 100엔 **운영시간** 09:00~18:00 **찾아가는 법** 나하 버스터미널에서 38번 버스 승차 후 세이화우타키이리구치(斎場御嶽入口) 정류장 하차 **휴관일** 음력 5월 1~3일, 음력 10월 1~3일 **주소** 오키나와 현(沖縄県) 난조 시(南城市) 지넨쿠데켄(知念字久手堅) 539 **전화번호** 098-949-1899 **홈페이지** www.okinawa-nanjo.jp/sefa

만자모

'1만 명이 한꺼번에 앉을 수 있는 풀밭'이란 뜻을 지닌 관광 명소. 코끼리를 닮은 산호 절벽과 천연기념물로 지정된 식물들 그리고 길이 500m를 자랑하는 만자모(万座毛) 해변이 관광객들을 반긴다. 특히 해안절벽에서 바라보는 에메랄드 빛 오키나와 바다는 압권 중의 압권이다.

입장료 무료 **찾아가는 법** 나하 버스터미널에서 20번 또는 28번, 29번, 120번, 228번 버스 승차 후 온나손야쿠바마에(恩納村役場前) 정류장 하차. 도보 20분 **주소** 오키나와 현(沖縄県) 구니가미 군(国頭郡) 온나 촌(恩納村) 온나(恩納) 2870-1 **전화번호** 098-966-8258

나카무라가 주택 中村家住宅

중요문화재라는 역사적 의미와 더불어 태풍과 뜨거운 햇살로 대변되는 오키나와의 악천후에 대비해야 했던 현지인들의 지혜를 엿볼 수 있는 건축물. 류큐의 석회암으로 만들어진 정교하고 단단한 돌담과 바람을 막았던 방풍림, 강풍의 피해를 줄이기 위해 회반죽을 사용한 기와 그리고 강렬한 햇빛과 비를 피하고자 고안한 처마 아마하지(雨端)가 그 예다.

입장료 성인 500엔, 중·고등학생 300엔, 초등학생 200엔 **영업시간** 연중무휴 09:00~17:30 **주소** 오키나와 현(沖縄県) 기타나카구스쿠 촌(北中城村) 오구스쿠(大城) 106 **전화번호** 098-935-3500 **홈페이지** www.nakamura-ke.net

줄 다라기 하다가 잃은 옷과
전통모자 "마 사지"

모자가 전통
모자라면서요? —

レ=11.

안경타요?

모기한테
4방 물렸어

모기가 어딨어?
난 한방도
안 물렸는데

모기라고 입맛이 없냐?
아무데나 빨대
꽂냐?

오키나와 비행편 (2016.05.13 기준)

오키나와 현 관광정보: http://kr.visitokinawa.jp

1. 인천-오키나와 비행편

아시아나항공(매일 운항)
인천→오키나와) 09:40 출발, 11:55 도착
오키나와→인천) 13:00 출발, 15:20 도착

대한항공(매일 운항)
인천→오키나와) 15:30 출발, 17:55 도착
오키나와→인천) 19:05 출발, 21:35 도착

제주항공(매일 운항)
인천→오키나와) 13:30 출발, 15:45 도착
오키나와→인천) 16:35 출발, 18:55 도착

진에어(매일 운항)
인천→오키나와) 10:35 출발, 12:50 도착
오키나와→인천) 13:50 출발, 15:05 도착

이스타항공(매일 운항)
인천→오키나와) 11:30 출발, 14:00 도착
오키나와→인천) 14:50 출발, 월·목·금·토·일 18:10 도착 / 화·수 17:35 도착

티웨이항공(매일 운항)
인천→오키나와) 월~금 14:05 출발, 16:20 도착 / 토·일 15:05 출발, 17:20 도착
오키나와→인천) 월~금 17:20 출발, 19:35 도착 / 토·일 18:20 출발, 20:35 도착

피치항공(매일 운항)
인천→오키나와) 16:05 출발, 18:15 도착
오키나와→인천) 13:10 출발, 15:25 도착

2. 부산-오키나와 비행편

아시아나항공(매일 운항)
부산→오키나와) 요일별 시간대 상이
오키나와→부산) 요일별 시간대 상이

진에어(주 3회 운항)
부산→오키나와) 화·목·토 08:05 출발, 10:05 도착
오키나와→부산) 화·목·토 11:05 출발, 13:05 도착

옛것과 새것이
어우러지는 곳
미에

먹 을 거 리

참배객의 맛있는 여정,
오카게요코초의 3대 별미

이세시마의 풍물거리인 오카게요코초(おかげ横丁)를 풀
이하면 '덕분에 거리'로 해석이 가능하다. 문장에서
생략된 주어는 '참배객'이고 동사는 '유지된다'가 무
난한 듯하다. 미에 현 최대 관광지의 이름이 관광객이
아닌 참배객을 위한 것이라는 데는 이견이 없다. 그
이유는 이 거리 끝에 자리잡고 있으며, 왕실 시조의
위패와 3대 보물의 하나인 거울을 보관하고 있는 이
세신궁 때문이다.

　원래 이세신궁은 황족 등 일부 계층에게만 참배가
허용되었으나, 12세기부터는 일반인도 참배가 가능해
졌다. 이때부터 일본인이면 누구나 평생에 한 번은 꼭

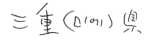

三重 (미에) 県

가보고 싶어 하는 동경의 대상이 되었으며, 지금도 해마다 600만 명에 달하는 참배객이 찾는다.

그 옛날 일본 전역에서 이세신궁을 향해 출발한 사람들은 참배객이란 이름으로 멀고도 험난한 길을 버텼고, 오카게요코초 거리에서 여정을 마무리하고 새로운 여정을 준비했다. 그들의 노잣돈은 이 거리의 생명줄이었으니 오카게요코초라는 이름은 다소 노골적이고 민망하나 동시에 공간의 특성을 정직하게 대변한다. 소문대로 풍성한 볼거리와 먹을거리로 선택의 압박을 선사하는 이곳에서 참배객이란 키워드에 집중한다면 소위 '본전은 뽑는다.'는 뜻이기도 하다.

발길을 재촉한 탓에 우리는 오전 7시가 채 되지 않은 이른 시간에 오카게요코초에 도착했다. 보통의 관광지라면 인적이 없는 시간이건만 음식점 '스시큐(すし久)'는 손님맞이에 여념이 없었다. "설마 이 시간에 초밥을…?"이라는 의문은 싱겁게

에도 시대 남자 평균신장이
145cm 였다

노기 임진왜란때
그것도 신장이
일본인에게
우리가 당했다는
것이 이해
안된다

끝났다. '스시큐'의 주메뉴는 덮밥과 우동이기는 하나 놀랍게도 참배객을 위한 죽으로 그 명성이 대단하다. 죽의 정식 명칭은 '쓰이타치마이리 아침죽(朔日参り朝粥)'이며 매달 1일 새벽부터 한정 판매를 하는 탓에 이 거리에서 가장 먹기 힘든 별미로 통한다. 최고의 인기 메뉴를 이렇게 단 하루, 그것마저 한정 판매하는 것은 마을의 전통 때문이다. 에도시대 이후 줄곧 한 달에 한 번, 매월 1일 새벽에 주민들만의 신궁 참배 행사인 '쓰이타치마이리'가 열리는데 이때 함께 참여한 타지의 참배객들에게 아침죽을 대접하는 풍습이 지금까지 이어져 오고 있다. 아쉬운 것은 현재는 그 형식만 빌렸을 뿐 '스시큐'를 비롯하여 몇 군데 음식점에서만 아침죽을 만날 수 있다.

그렇다고 희귀성과 상징성만으로 죽 맛을 판단한다면 큰 오산이다. 쓰이타치마이리와 동시에 서는 새벽 장에서 구입한 제철 재료를 사용해 계절 감각을 물씬 풍길 뿐만 아니라 특산품으로 손색없는 맛의 리듬을 지니고 있다. 다만 우리의 죽과는 모양과 식감이 달라 처음 접해보는 이들은 당혹감을 느낄 수 있다. "이건 마치 도미국에 밥을 말아 먹는 것 같아."라는 허영만 선생님의 반응은 '쓰이타치 죽'에 대한 정확한 묘사이

자 우리의 죽과는 확실한 차이짐이다. 주문한 죽에 도미 한 토막이 떡하니 자리를 잡고 있다 해도 비린내 걱정은 기우에 지나지 않으며 죽이란 이름에 걸맞게 부드러운 식감을 유지한다. 한편 죽의 밥알과 재료의 모양새가 확연하게 유지되는 것이 도드라진 특징이다. 우리의 죽이 밥알이 풀어진 틈을 서서히 메워 응축된 맛이라면 '쓰이타치 죽'은 밥알과 재료가 입안에서 재빨리 녹아드는 맛이다. 보드랍지만 뭉치면 단단해지는 도미살과 잘 풀어진 밥알이 강약을 타며 서로 간을 맞춰 주기 때문에 입안에서 죽답지 않은 농후한 풍미를 발산한다. 여기에 먼 길 걸어온 참배객이 대나무 갓을 잠시 벗고 평상에 앉아 정성스럽게 담은 뜨거운 죽 한 그릇을 후후 불며 조심스럽게 허기를 채우는 상상이 더해지면 맛의 최고치를 끌어낼 수 있다.

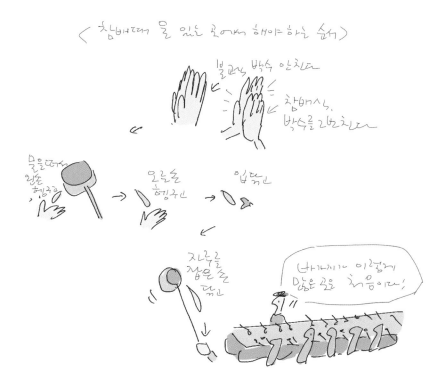

조기 완판 탓에 일본인도 먹기 힘들다는 '쓰이타치 죽'을 먹은 한국인의 반응이 몹시 궁금했는지 주인장은 맛에 대한 평가를 직설적으로 물어보았다. 우리를 대표해 허영만 선생님이 "참배객 덕분에 맛있게 먹었습니다."라는 재치 있는 답을 내놓았다. 대답이 흡족했는지 주인장은 고개를 끄덕이며 "관광객들도 참배객을 따라가면 이 복잡한 거리에서 길을 잃을 염려가 없지요."라는 다소 현학적인 말로 자리를 마무리했다. 그렇다. 공간의 특성을 파악하면 핵심이 보이고 핵심이 보이면 그 공간을 바라보는 우리의 시선 또한 정교하고 명확하며 견고해진다.

우리는 완판이라는 압박감에 눌려 초조한 표정으로 연신 시간을 확인하며 대기하는 손님들을 뒤로 하고 본격적인 탐방에 나섰다. 복잡한 오카게요코초를 지나는 발걸음이 이른 아침 소풍 가는 아이마냥 밝고 상쾌했던 것은 참배객의 맛있는 여정이 아직 끝나지 않았기 때문이리라.

스시큐すし久

대표메뉴 쓰이타치 죽(매월 다른 제철 식재료를 사용한 죽) 600엔 / 데코네즈시(てこね寿し) 1,190엔~ **영업시간** 10:30~20:00(매월 1일, 말일 및 매주 화요일은 야간영업 휴무) **아침 영업** 04:45~07:30(매월 1일) / 연중무휴 **찾아가는 법** JR, 近鉄 우지야마다역(宇治山田駅) 또는 이세시역(伊勢市駅)에서 하차 / 진구카이칸마에(神宮会館前) 버스 정류장 하차 **주소** 미에 현(三重県) 이세 시(伊勢市) 우지나카노키리 정(宇治中之切町) 20 **전화번호** 0596-27-0229

아카후쿠 모치, 이세 우동

여행자의 입장에서 매달 1일 그것도 죽 한 그릇을 위해 일정을 맞추기란 여간 힘든 일이 아니다. 그렇다고 실망할 필요는 없다. 오카게요코초에는 죽의 아쉬움을 보상받기 충분한 별미가 두 가지 더 존재한다. 먼저 모치(餅)다. 오카게요코초에는 모치를 파는 가게들이 유독 많은데 이는 참배객들의 간식에서 유래된 것으로 지금은 이 거리를 대표하는 명물로 자리매김하고 있다. 수많은 모치 중에서 1707년 시작

한 아카후쿠 모치(赤福餅)가 가장 유명하며 이 모치를 사기 위해 가게는 늘 인산인
해를 이룬다. '정성을 다해 만들어서 타인에게 행복을 전한다.'는 따스한 의미를 간
직한 이 모치의 모양은 유별난 구석이 있다. 찹쌀떡 위에 얹어진 세 줄 형태의 팥소
는 이세신궁 경내를 흐르는 이스즈강(五十鈴川)의 청류를, 하얀 떡은 바닥의 자갈을
표현했다고 한다. 찹쌀 전용 재배지에서 생산한 찹쌀만을 사용해 탄력이 적당하며
불쾌한 질척임이 덜하다. 팥소에는 엄선한 두 가지 종류의 설탕을 첨가해 청량한
뒷맛을 선사한다.

　다음으로 이세 우동(伊勢うどん)이다. 이세 우동은 두꺼운 면과 검은색 육수가 특
징이다. 면은 대개 직경 1cm 안팎으로 상당한 두께이나 참배객들이 기다림 없이 바
로바로 먹을 수 있도록 장시간 삶기 때문에 의외로 부드러운 식감을 지닌다. 육수
는 다마리 간장(たまり醬油, 대두만을 사용해 만든 간장)에 가쓰오부시나 이리코(いりこ, 마른
멸치와 건해삼), 다시마, 미림 등을 더해 검고 농후한 빛을 띠며 면에 묻혀 먹을 수 있
는 정도만 그릇을 채운다. 고명으론 잘게 썬 파와 시치미토우가라시(七味とうがらし)

가 전부다. 검은빛 육수 탓에 짠맛으로 몸서리를 칠 것 같지만 의외로 그 맛이 순하며 굵고 부드러운 면에 금방 흡수되어 마치 자장면을 보는 것 같다. 사누키 우동이 대중적이라면 이세 우동은 극소수의 열혈팬을 거느리고 있는 마니아적 우동이다.

아카후쿠 모치 판매점

매장명 아카후쿠(赤福) 본점 **대표메뉴** 아카후쿠 모치(3개입) 290엔, 아카후쿠 팥빙수 520엔, 아카후쿠 팥죽 520엔 / 쓰이타치 모치(2개입) 210엔~ **주소** 미에 현(三重県) 이세 시(伊勢市) 우지나카노키리 정(宇治中之切町) 26 **전화번호** 0596-22-7000 **홈페이지** www.akafuku.co.jp

이세 우동 판매점

매장명 후쿠스케(ふくすけ) **대표메뉴** 이세 우동 480엔, 카레 이세 우동 680엔, 덴푸라 이세 우동 880엔 **주소** 미에 현(三重県) 이세 시(伊勢市) 우지나카노키리 정(宇治中之切町) 52 **전화번호** 0596-23-8807

매장명 야마구치야(山口屋) **대표메뉴** 이세 우동 500엔, 이세 소바 550엔, 쓰키미 우동 570엔 **주소** 미에 현(三重県) 이세 시(伊勢市) 미야지리(宮後) 1-1-18 **전화번호** 0596-28-3856

赤福 (아사후쿠) 떡집

모치는 보통 팥을 안에 넣는데 아사후쿠모치는 밖에다 쓴다 참배객들에게 빨리 먹게 하기 위해서라는데 글쎄???
떡의 물결은 안에 있는 강의 물결을 표현했다

또 다른 먹거리

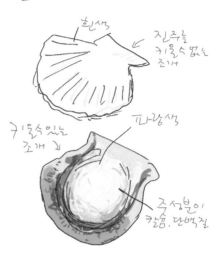

진주조개라는 진주를 키울 수 있는
조개는 다르다

흰색

진주를
키울수 없는
조개

파랑색

키울수 있는
조개

주성분이
칼슘, 단백질

1. 아마고야(海女小屋)

아마는 해녀를 뜻한다. 제주의 해녀
들처럼 물질로 다양한 해산물을 채취
했던 미에 현의 해녀들은 미키모토 진
주 양식의 숨은 공로자다. 이 해녀들의
전진 기지이자 쉼터가 바로 아마고야
다. 이곳은 최근에는 관광객들을 위한
간이식당 노릇도 하는데 이 역시 제주
해녀의 집을 생각하면 이해가 쉽다. 직
접 채취한 각종 어패류를 손님이 보는
앞에서 숯불을 피워 정성스럽게 구워준다. 일본주나 맥주도 준비되어 있어 이보다
좋은 안주가 없으리라. 여기에 해녀들의 희로애락을 듣다 보면 진한 바다 내음과
맛이 고스란히 전달된다.

체험 프로그램 해녀와의 Tea Time 1인 3,000엔(4인 이상 2,000엔), 요리체험 1인 5,000엔(4인 이상 3,500엔) 등
주소 미에 현(三重県) 도바 시(鳥羽市) 오사쓰 정(相差町) 819 **전화번호** 0599-33-1023 **예약방법** 홈페이지(www.
amakoya.com) 예약

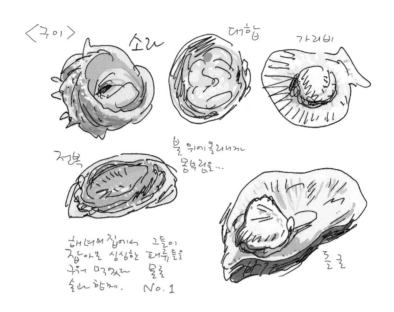

〈구이〉 소라 대합 가리비

전복

불 위에 올라가서
몽부림...

꿈틀

해녀의 집에서 그들이
잡아온 싱싱한 패류들을
구워 먹었다 물론
술과 함께. No. 1

바파제를 몇 번 돌아가면 나오는 작은 집
해산물파 집이 있다.
해녀들이 물질하러 쉬는중에서 바닷가
상대로 영업을 하신댔다
처러 분위기!

2.쓰우나기(津うなぎ)

　미에 현은 일본 내에서 장어의 다크호스로 통한다. 그 중심에 쓰 시(津市)가 자리 잡고 있다. 이세만을 바라보는 쓰 시는 바닷물과 강물이 만나는 지리적 이점을 살려 일찍이 민물장어 잡이와 양식 그리고 장어 요리가 발달된 지역이다. 특히 장어 덮밥이 가장 유명한데 대개 3가지 스타일로 먹는다. 먼저 개인 그릇에 덮밥을 덜어 와사비를 올려 먹거나 아니면 잘게 썬 파와 비벼 먹거나 오차즈케(お茶漬け)스타일로 물에 말아 먹는다. 쓰 시 인근에는 수십 군데의 장어 전문점들이 옹기종기 모여 있으며 각 가게의 주소와 역사, 맛의 특징 그리고 가격 정보를 담고 있는 덮밥 전용 팸플릿이 쓰우나기의 유명세를 대변해준다.

우나후지うなふじ

대표메뉴 장어 덮밥 1,300엔(上 1,730엔, 특 2,160엔) **영업시간** 런치 11:00～13:30, 디너 15:00～18:00 / 매주 화요일 휴무 **주소** 미에 현(三重県) 쓰 시(津市) 다카노 정(高野尾町) 633-29 **전화번호** 059-230-0093

3.마쓰사카(松阪) 소고기

일본재래종인 검은 암소를 꾸준히 개량하여 최고의 육질을 만든 마쓰사카 소는 미에 현에서 가장 비싼 식재료로 통한다. 엄선된 사료는 물론이고 맥주와 소주를 먹여 육즙이 독특한 풍미를 자랑하며, 적당한 마블링으로 느끼한 맛이 덜해 질리지 않는다. 샤브샤브와 불고기 등 다양한 요리에 활용할 수 있으나 마쓰사카 소고기는 역시 스키야키(すき焼き)를 최고로 친다. 스키야키는 깊이가 낮은 철 냄비에 쇠기름을 녹인 후 샤브샤브처럼 얇게 썬 소고기를 굽다 설탕을 뿌리고 여기에 다시 조미된 간장을 부어 익혀 먹는 음식이다. 소고기로 적당히 배를 채울 즈음 표고버섯, 두부, 곤약, 대파 등의 부재료를 넣고 육수를 부어 자박자박하게 끓여서 먹는다. 소고기와 부재료는 모두 달걀을 풀어 만든 소스에 찍어 먹는다.

와다킨 和田金

대표메뉴 스키야키 코스 12,200~16,700엔 **영업시간** 11:30~20:00 / 매주 넷째 주 화요일 및 1월 1~2일 휴무 **주소** 미에 현(三重県) 마쓰사카 시(松阪市) 나카 정(中町) 1878 **전화번호** 0598-21-1188

〈스키야키〉

파드득나물　버섯　당근　파

양파

두부

보통 스키야키
는 국물이 있는데
여기는 국물없이
익힌다음 떨어서
먹는다

맛이 달다

松阪肉元祖 "和田金" (와다킨)

· 130년된 마쓰사카 소고기전문 음식점
· 연간 7000마리 소비 (하루에 20마리)
· 목장에서 2천마리 키운다
· 송아지는 홋카 호로에서 사서 키운다
· 먹잇감을 소에게 먹인다
· 5층을 다 쓴다. 고급 요정느낌이다

불불은 숯을 위에 놓는다 (우리랑 반대다)

밑에서 부터
불이 붙어
오는
처음엔
구워지지
않다가
불이 세지면서
갑자기 타네고
이것이 맛겠다 싶다

4. 이세에비(伊勢えび)

미에 현 이세만에서 잡히는 특산물. 얼핏 바닷가재로 착각할 정도의 무게와 크기는 사람들의 이목을 집중시킨다. 집게발은 없으며 머리의 뿔과 빨간 눈이 독특하다. 일본인들은 금닭새우라 부르기도 하는데 일본식은 물론이고 서양식 요리에도 다양하게 쓰이는 식재료다. 참고로 9~11월이 제철이다.

5. 이세차(伊勢茶)

미에 현에서 만들어지는 일본 차는 특산품 중 하나이며 이세차라고 부른다. 일본 전국 3위의 생산량을 자랑하는 이세차는 약간 연하고 싱겁지만 차의 여운이 입안에 오래 남는 것이 특징이다. 미에 현은 교토 지방의 정통차 제조법이 전파된 곳으로 이세차에 대한 지역민들의 자부심이 높다.

이가류 닌자 박물관

미에 현은 400여 년 전부터 암살, 정찰, 적후방 교란 등을 목적으로 적지에 침입해 특수기술인 분장술과 둔갑술을 사용해 명성을 떨쳤던 이가류 닌자의 발상지다. 이가류 닌자 박물관(伊賀流忍者博物館)은 기상천외한 구조로 이루어져 있으며 크게 닌자 저택과 닌자 유래관, 닌자 무술 체험관으로 나뉜다.

화약 제조비법을 숨기기 위해 설계된 닌자 저택에선 다양한 술법을 만나볼 수 있으며 닌자 유래관에선 독특했던 닌자들의 무기와 복장 그리고 역사를 한눈에 살펴볼 수 있다. 마지막으로 가장 인기가 많은 닌자 무술 체험관에선 실제 고수들이 등장해 각종 인술(닌자 무술)을 펼치는 공연 관람과 함께 수리검 던지기 등의 체험을 할 수 있다.

입장료 성인 756엔, 어린이 432엔 **운영시간** 09:00~17:00 / 12월 29일~1월 1일 휴무 **주소** 미에 현(三重県) 이가 시(伊賀市) 우에노마루노우치(上野丸之内) 117 **전화번호** 0595-23-0311 **홈페이지** www.iganinja.jp

닌자의 모습을 풍속화로 보고
짐작하는 뿐 원래 어떤 모습이었는지는
모른다.

평소에는 소방, 농부,
주부, 상인등으로 생활을
하다가 첩보를 수집
하기도
했다

忍者는
약 1,100년 전부터
존재했다

伊賀流
忍者 박물관 (우에노닌자)

닌자
무서워

어린아이라
들어가지 못하느라
울고 있다

수리검 사용법.

이익:

묵어!

이사이에
음식물이 끼어서..
이쑤시개로 묵..

가즈노
가족

우에노성

일본에서 가장 높은 30m 돌담 위에 세워진 성. 우에노성(上野城)의 돌담은 구로사와 아키라 감독의 영화 〈거미집의 성〉의 무대가 되기도 했다. 이 성의 천수각 천장에는 요코하마 다이칸 등 저명 인사가 남긴 색종이 46점의 그림이 그려져 있다. 또한 천수각 3층 전망실에서 바라보는 우에노의 거리 풍경이 운치를 자아낸다. 이가류 닌자 박물관 등 주변에 관광 명소가 몰려 있다.

입장료 성인 500엔, 어린이 200엔 **운영시간** 09:00~17:00 / 12월 29~31일 휴관 **주소** 미에 현(三重県) 이가 시(伊賀市) 우에노마루노우치(上野丸之内) 106 **전화번호** 0595-21-3148

입장료 성인 1,500엔, 어린이 750엔 **운영시간** 08:30~17:30(시기별로 상이) **주소** 미에 현(三重県) 도바 시(鳥羽市) 도바(鳥羽) 1-7-1 **전화번호** 0599-25-2028 **홈페이지** www.mikimoto-pearl-museum.co.jp

미키모토 진주섬

세계에서 최초로 진주 양식에 성공한 섬이자 '미키모토 진주' 브랜드의 발상지. 섬 주변에선 여전히 진주 양식을 하고 있으며 미키모토 진주와 관련된 시설이 섬 곳곳에 자리잡고 있다. 그중 박물관은 필수 방문 코스로 호화롭고 정교한 진주공예품은 물론이고 진주 양식의 과정을 자세히 살펴볼 수 있다. 또한 제주도 해녀와 대비되는 일본 해녀 자료는 관람객의 흥미를 배가시킨다. 별도의 판매점도 마련되어 있어서 전 세계적으로 유명한 '미키모토 진주' 상품들을 현장에서 구매할 수 있으며 카페테리아에서는 진주살로 만든 간단한 요리와 간식을 맛볼 수 있다. '해녀 잠수시범'도 볼 수 있으니 시간표를 확인하자.

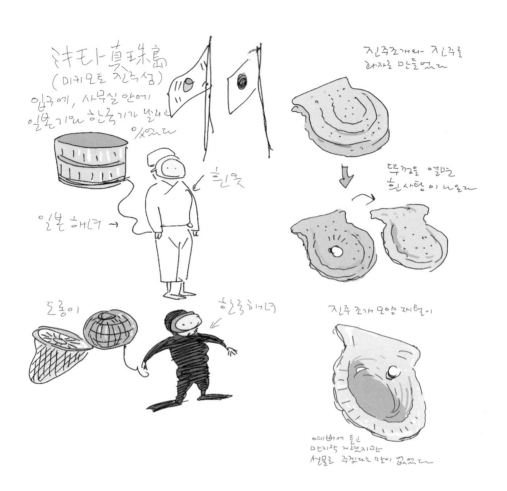

ミキモト真珠島
(미키모토 진주섬)

입구에, 사무실 안에
일본기와 한국기가 받아
있었다

흰옷

일본 해녀 →

진주조개에서 진주를
하자로 만들었다

뚜껑을 열면
한사람이 나올까

진주 조개 모양 재털이

도롱이

하로하다녀

여기에서 튼
먼지랑 거렸지만
선물로 주겠다는 말이 없었다

이세신궁

태평양을 바라보는 이세만에 위치한 여러 신사들 중 중심이 되는 이세신궁(伊勢神宮)은 크게 내궁과 외궁으로 이루어져 있다. 내궁에는 태양의 여신이자 일본 왕실의 창시자인 아마테라스 오미카미를 모시며 왕실 3대 보물 중 하나인 거울을 보관하고 있다고 전해진다. 이러한 연유로 이세신궁은 미에 현 관광의 상징이 되었으며 일본인들에게는 평생에 한 번은 방문해야 하는 성지 대접을 받고 있다. '신이 타는 말'이란 뜻의 신메(神馬)의 참배 모습은 지극히 일본다운 풍경을 연출한다.

입장료 무료 **운영시간** 1~4월, 9월 05:00~18:00, 10~12월 05:00~17:00, 5~8월 05:00~19:00 **주소** 미에 현(三重県) 이세 시(伊勢市) 우지타치 정(宇治館町) 1 **전화번호** 059-624-1111 **홈페이지** www.isejingu.or.jp

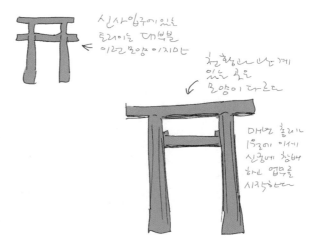

신사입구에있는
토리이는 대개불
이런모양이지만

현황하니 밧산게
있는 곳은
모양이다르다

매년 홀리네
15일에 이세
신궁에 참배
하는 업무를
시작한다

2010이다 새 다리를 만든다
배 만드는 기술로 만들었다

오카게요코초

신궁 관람에 거부감이 드는 사람이라도 이세신궁 앞의 오
카게요코초(おかげ横丁)는 꼭 방문해야 하는 관광 명소다.
에도와 메이지시대를 재현한 건물들이 길가 양옆으로 빼
곡히 채워진 거리에는 미에 현 특산품과 대표 먹거리 그
리고 기념품 가게들이 자리잡고 있다. 일반적으로 이렇게
신사나 절 앞에 형성된 거리를 몬젠마치(門前町)라 부르는
데, 이는 우리의 사하촌(寺下村) 격이라 이해하면 된다.

찾아가는 법 JR, 近鉄 우지야마다역(宇治山田駅) 또는 이세시역(伊勢市駅)에서
하차 / 진구카이칸마에(神宮会館前) 버스 정류장 하차 **주소** 미에 현(三重県) 이
세 시(伊勢市) 우지나카노키리 정(宇治中之切町) 52 **전화번호** 0596-23-8838
홈페이지 www.okageyokocho.co.jp

스즈카 서킷Suzuka Circuit

1962년 미에 현 스즈카 시(鈴鹿市)에 개장한 아시아 최초의 국제 규격 서킷이다. 서킷의 총길이는 약 5km이며 코너만 17개가 존재한다. 가장 유명한 경기로는 세계최고의 자동차 경주대회인 포뮬러 원(F1)의 '일본 그랑프리'와 매년 여름에 개최되는 모터사이클 8시간 내구레이스를 꼽는다. 서킷 내에는 놀이동산, 상점가, 호텔, 온천 등의 시설이 구비되어 있으며 기업들의 각종 프로모션이 열리고 있어 지루할틈이 없다. 좌석뿐만 아니라 주변에 마련된 캠핑 사이트에서는 텐트를 치고 경기를 관람하는 독특한 풍경도 연출된다. 티켓만 있다면 경기 관람 도중에라도 자유롭게 모든 시설을 이용할 수 있다.

입장료 F1 레이스-경기 및 좌석별로 상이 / 유원지 모토피아 – 성인 1,700엔, 초등학생 800엔, 유아 600엔 **운영시간** 09:30~18:00(날짜별로 운영시간 상이) **주소** 미에 현(三重県) 스즈카 시(鈴鹿市) 이노우 정(稲生町) 7992 **전화번호** 059-378-1111 **홈페이지** www.suzukacircuit.jp

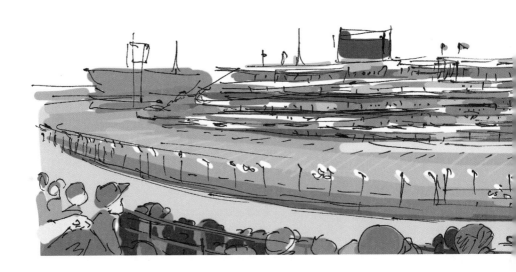

20대 후반부터 바이크에 관심이
있었다. 이제 60대 후반.
그동안 버뤼기만했던 라이더의
꿈을 지금이라도 이루지 못하대로
문비에 이렇게 써지는거야

* 우물쭈물하다가 이럴줄 알았어..
내년 8월에 바이크   (여러가지로
용품특에서 잡하있다   못하다)
       해내야지! 꼭!

하이고~
따~

끼
읏!

엄마 화이팅!!

메오토이와

메오토이와(夫婦岩)는 바다 위에 돌출된 암수 바위를
일컫는데, 일명 부부바위라 불린다. 9m의 오토코이와
(男岩, 남자바위)와 4m의 온나이와(女岩, 여자바위)가 굵은
밧줄로 연결되어 있다. 이 바위를 바라보며 연인들이
소원을 빌면 사랑이 이루어진다는 전설이 전해온다.
매 여름철마다 이 둘의 바위 사이로 떠오르는 일출이
인상 깊다. 배후에 후타미오키타마 신사(二見興玉神社)
가 자리잡고 있으며 방문객들 대다수가 사랑과 결혼
을 소원하며 기도를 올린다.

입장료 무료 **찾아가는 법** JR 후타미노우라역(二見浦駅)에서 도보 15분
주소 미에 현(三重県) 이세 시(伊勢市) 후타미초에(二見町江) 후타미오키
타마 신사 내(二見興玉神社内) **전화번호** 0596-43-2020

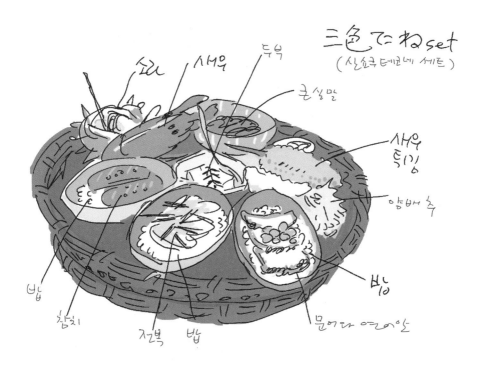

三色たね set
(산쇼쿠 테라네 세트)

쇼파 새우 두부

콘실맡

새우
튀김

양배추

밥

밥

참치

전복 밥

문어와 오이알

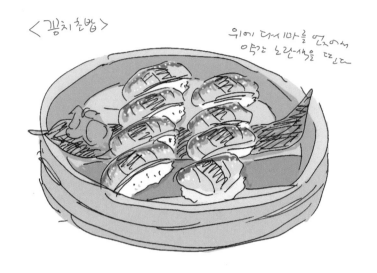

<꽁치초밥>

위에 다시마를 얹어서
약간 노란색을 띤다

장아찌↓

당근.오이
배추

빨가운장아찌

생강

이세 새우
된장국

26

매우중요한
회원칸 (자지가루)

미에현
이세시 오하라이
마치

도쿠가와 이에야스가
닌자에게 내리는 사그물

방성
↓

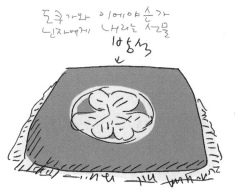

도쿠가와 가문 문양이
새겨진 이 방성을 영덩이
밑에 깔고 앉으면
무슨 하는거?

비밀 역할을 못하는
방성으로 쓸수 있어
백의 장식품으로
길에 났을거야

웅대한 대자연의
파노라마
도야마

먹   을   거   리

일본 여행의 진수와 진미가 만나다.
도야마 마스즈시

비 오는 창밖을 바라보던 허영만 선생님의 다소 엉뚱한 고백이 날씨만큼이나 무겁던 구로베 협곡(黑部峽谷) 위의 도롯코 열차 안에 웃음을 터뜨렸다.

"와타시와 아메오토코데스!"

아메오토코는 우남(雨男)의 일본어 발음인데 우리가 흔히 말하는 '비를 몰고 다니는 남자(사람)'란 뜻으로 통용된다. 허영만 선생님이 이날의 비를 최고 연장자인 자신의 탓으로 돌림으로써 우리는 가을 단풍이 짙게 물든 구로베 협곡의 풍경을 담을 수 없는 현실에 더는 짜증을 내거나 하늘을 원망만 할 수 없게 된 것이다. 이번 여행의 대표 사진이 날아갔음에도 말이다.

풍경이 사라진 기차여행은 우리가 상상하던 낭만적인 시간을 빼앗아갔다. 협소한 공간의 제약과 덜컹이는 리듬이 지루하게 다가오는 순간 기차는 여행이 아니라 이동 수단에 지나지 않았다.

"아! 벤토(弁当)!"

느닷없지만 처절한 지루함이 짓누르는 공간에서 이 외마디 절규는 "도시락 까먹자."처럼 정감 있고 애교 섞인 주문이자 "유레카!"와도 같은 외침이었다. 우리에게 비장의 히든카드가 남아 있다는 것을 모두 깜박했다.

말이 끝나기 무섭게 출발 전 역에서 준비했던 도야마의 명물 '마스즈시(鱒寿司) 벤토(송어초밥 도시락)'가 모습을 드러냈고, 둥근 모양만으로도 우리의 이목을 끌기에 충분했다. 참고로 '마스즈시 벤토'의 마스는 송어이고 초밥인 스시는 문법상 즈시로 표기한 것이다. 벤토는 당연히 도시락 중에서도 지역 특산물로 만들어 기차역에서만 판매하는 에키벤(駅弁)을 말한다.

일단 둥근 모양의 포장을 열면 드러나는 초록빛 대나무잎이 호기심을 불러일으

키고, 그 잎을 조심스럽게 벗기면 나타나는 송어살은 연어만큼이나 탐스러운 붉은빛으로 식욕을 자극한다. 이쯤 되면 에키벤의 상징과도 같은 아기자기하게 오밀조밀 모여 있는 반찬이 없다는 사실조차 까맣게 잊게 된다. 조각케이크처럼 나눠진 '마스즈시'를 하나씩 들고 질세라 한입 베어 무는 순간, 고슬고슬 지어진 밥과 식초의 어울림이 만들어낸 단맛이 입안에 확 퍼지며 달보드레한 송어살이 풍부한 감칠맛을 발산한다. 생선과 식초로 조미한 밥의 조합이 자칫 미각적 지루함과 부담을 줄 수도 있으나 에도시대부터 보존성을 높이기 위해 사용했다는 대나무잎의 청량감과 상쾌한 향기가 그 우려를 깔끔하게 정리한다. 단무지나 다른 반찬이 하나 없어도 꿀떡꿀떡 잘도 넘어가는 이유일 법하다.

여기서 한 가지 의문이 있다면 이러한 형태의 음식에 왜 굳이 스시를 붙였느냐다. 우리의 김치와 마찬가지로 일본의 스시도 여러 종류가 있기 때문이다. 먼저 스시의 대표주자인 쥔초밥은 19세기 일본의 에도(도쿄)에서 등장하였으며 오늘날 흔히 볼 수 있는 초밥의 형태다. 초로 양념한 밥에 '날'해산물을 얹고 살짝 눌러 만든 쥔초밥은 '니기리즈시(握り寿司)'라고 불리는데 200년 가까이 초밥의 기본으로 통한다. 비빔밥처럼 여러 종류의 생선과 야채 등을 고명으로 얹어 만드

는 '지라시즈시(ちらし寿司)'도 있다. 국내 일식집 코스에서 대미를 장식하는 돌돌 만 형태의 '마키즈시(巻き寿司)'도 빠질 수 없다. 초밥의 원형이라 여겨지는 '나레즈시(なれ寿司)'는 일본 음식사에서도 굉장히 중요한 위치를 차지하고 있다. 나레즈시는 소금에 절인 생선과 밥을 눌러두었다가 자연발효가 되면 꺼내 먹었기 때문에 저장기간이 길다. 이 과정에서 소금을 식초로 바꿔 발효를 촉진하면 '하야즈시(早寿司)'가 되고, 생선살을 밥 위에 올리고 눌러서 만들면 '오시즈시(押し寿司)'라고 부른다. 결론적으로 도야마의 마스즈시는 하야즈시에 속하지만 오시즈시 범주로도 분류가 가능한 것이다.

덜렁 남은 도시락 포장지를 정리하고 녹차로 목을 축이며 잠시 잊고 있던 풍경을 바라보았다. 기차는 여전히 그칠 줄 모르는 빗줄기에 상처를 입은 구로베 협곡의 풍경 가장자리를 위태롭게 달리고 있었다. 우리는 식후 밀려오는 피로에 스르르 눈이 잠기기 시작했다. 이 또한 여행의 묘미라 여기며 기차의 느린 리듬에 몸을 맡겼다. 입안에 깊게 밴 마스즈시의 잔향을 음미하며….

도야마 마스즈시 협동조합富山ます寿し協同組合

가맹점 도야마 시내 13점포 **홈페이지** www.toyama-masuzushi.or.jp

에키벤

독일의 맥주순수령처럼 일본의 에키벤(駅弁)도 자격 조건이 있다. 사단법인 일본철도구내영업중앙회가 정한 에키벤의 정의를 보면 먼저 철도역과 열차 내 이외에 백화점 등에서 개최되는 에키벤 박람회 등에서만 판매하는 도시락이어야 한다. 또 다른 조건으로 일반 도시락과 비교했을 때 외부 포장 용기가 특징이 있어야 한다. 사단법인의 정의이므로 정교하지도 않고 구속력이 있는 것도 아니지만 일본 내 에키벤의 위상과 자부심을 보여주는 단적인 예라 할 수 있다. 현재는 역 구내 음식점과 편의점의 증가로 인해 그 수요가 감소하고 있다고 하나 일본 전역에서 판매하는 2,000여 가지의 에키벤들은 건재를 과시하고 있다. 또한 TV 프로그램의 단골 소재로 여전히 각광받고 있으며 에키벤만을 다룬 만화나 단행본, 잡지를 손에 들고 역을 찾아 기차를 타는 수요가 존재할 정도라니 에키벤은 일본 기차여행의 첨병 노릇을 톡톡히 하는 셈이다. 에키벤의 유래에 관해서는 1885년 7월 16일 도치기 현(栃木県)의 우쓰노미야역(宇都宮駅)에서 첫 판매가 되었다는 설이 유력했으나 현재는 그 이전의 기록들이 발견되고 있어 의미가 퇴색했다. 결국 7월 16일로 지정했던 '에키벤의 날'을 4월 10일로 다시 정했는데 이는 弁当(벤토)의 弁이 숫자 4와 10이라는 조합으로 되어 있고, 当(とう, 토우)가 10일을 의미하는 도오카(とおか)와 닮았기 때문이다.

또 다른 먹을거리

1.블랙 라멘(ブラックラーメン)

도야마에서 탄생한 라멘으로 도야마 블랙으로도 불린다. 이름에서 알 수 있듯이 쇼유 라멘 중에서도 단연 검정색의 농도가 짙다. 중노동이나 격렬한 운동 후 염분 보충용으로 먹거나 쌀밥과 함께 먹는 것을 원칙으로 하므로 다소 짜다. 국물의 색과 짠맛은 간장과 닭육수 그리고 건어물로 우려낸 육수 탓이다. 토핑으로는 일반 라멘과 비슷한 멘마(メンマ, 죽순절임)와 파, 김, 차슈(叉焼), 삶은 달걀 등을 얹어 먹는다. 면은 다소 굵고 쫄깃하다. 일본라멘협회가 주최하는 도쿄라멘쇼에서 2009년, 2010년 2년 연속 판매 1위(2010년 도쿄라멘쇼에서 5일간 13,355그릇 판매)를 달성했을 정도로 폭발적인 관심과 인기를 자랑한다.

도야마 블랙멘야 이로하 이미즈본점富山ブラック麺家いろは 射水本店

대표메뉴 도야마 블랙 라멘(700~1,100엔) **영업시간** 연중무휴 11:30~22:00 **주소** 도야마 현(富山県) 이미즈 시(射水市) 히바리(戸破) 1555-1 **전화번호** 0766-56-0999

2.다카오카 고로케(高岡コロッケ)

지역 내 맞벌이 가정이 많아 간식 내지 간편한 부식으로 다카오카 고로케를 찾는 수요가 증가하면서 유명세를 타기 시작했으며 현재는 지역 명물로 각광받고 있다. 다른 지역의 고로케와 달리 두께가 얇은 대신 크기는 다소 큰 편인데 얼핏 어묵처럼 보이기도 한다. 단품으로 먹어도 좋고 반찬이 궁할 때 샐러드를 곁들여 밥과 함께 먹어도 손색이 없다. 으깬 감자를 먹는 듯한 부드러운 식감이 특징이다.

메뉴 다카오카 고로케 50엔~ **다카오카 고로케 지도 및 점포 정보** www.taka-coro.com/maps

3.가마메시(釜飯)

　일본식 솥밥이다. 개인용 솥에 각종 해산물 또는 채소 등을 넣어 밥을 짓는데 고소한 밥맛과 부재료의 다양한 풍미가 어울려 풍성한 한 끼 식사로 안성맞춤이다. 일본 전역에서 만날 수 있으나 꼴뚜기와 시로에비(白えび)를 넣는 것은 도야마 가마메시만의 특징이다.

오카만岡万

대표메뉴 가마메시 680엔~ **영업시간** 런치 11:00~14:00, 디너 17:00~23:00 **찾아가는 법** 전철 도야마역(富山駅) 또는 에스타마에역(エスタ前駅)에서 도보 1분 **주소** 도야마 현(富山県) 도야마 시(富山市) 사쿠라 정(桜町) 1-1-61 아리에(アリエ) **전화번호** 076-444-3908

가지카河鹿

대표메뉴 가마메시 정식 1,100엔~ **영업시간** 런치 11:00~14:00, 디너 17:00~24:00 **찾아가는 법** 우나즈키온센역(宇奈月温泉駅)에서 도보 2분 **주소** 도야마 현(富山県) 구로베 시(黒部市) 우나즈키온센(宇奈月温泉) 330-19 **전화번호** 0765-62-1505

4.시로에비(白えび)

　새우살이 보일 정도로 투명하여 백하, 즉 흰새우라 불리며 그 빛깔이 아름답다 하여 '도야마만의 보석'이란 애칭으로 통한다. 도야마의 특산물로 다양한 향토요리에 쓰이는데 역시 회를 최고로 친다. 크기가 작아 얼린 후 껍질을 까는 것이 보통이나 1911년 창업한 해산물 요리점 쇼게쓰(松月)를 방문하면 한 마리씩 손으로 직접 손질하여 내놓는 극상의 시로에비 회를 만날 수 있다.

쇼게쓰松月

대표메뉴 코스요리 6,000엔~ **찾아가는 법** 도야마 라이트레일 게이린조마에역(競輪場前駅) 또는 이와세하마(岩瀬浜駅)에서 하차 후 도보 6분 **영업시간** 11:00~21:00(예약제) **주소** 도야마 현(富山県) 도야마 시(富山市) 이와세미나토 정(岩瀬港町) 116 **전화번호** 076-438-1188

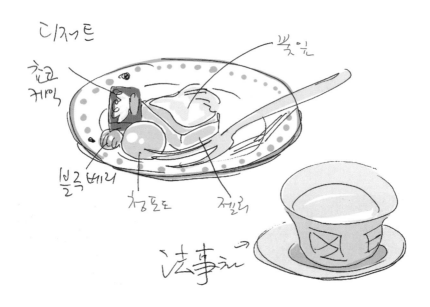

디저트

춘교
케익

꽃잎

블럭베리

청포도

젤리

法事茶 →

5.춘춘도

정식 명칭은 야쿠젠 카페 유라쿠칸 춘춘도(薬膳カフ
ェ 癒楽甘 春々堂)다. 야쿠젠은 건강식이란 뜻으로 약재
등을 이용한 음료와 디저트를 판매하는 카페를 의미
한다. 예부터 사용해왔던 약봉지나 약상자, 생약 가공
도구와 홍보 포스터 등 도야마 약 판매업의 역사를 한
눈에 파악할 수 있는 소규모 박물관 관람도 가능하다.

대표메뉴 건강차 400~800엔, 디저트류 400~500엔, 식사류 700~900
엔 **영업시간** 10:00~19:00 / 매월 셋째 주 화요일 휴무 **찾아가는 법**
JR 도야마역(富山駅)에서 도보 3분 **주소** 도야마 현(富山県) 도야마 시(富
山市) 신토미 정(新富町) 1-2-3 도야마에키마에(富山駅前) CiC 5F **전화번**
호 076-444-7198 **홈페이지** www.chunchundo.com

6. 짓펜샤(拾遍舍)

도야마에서 제일 유명하며 전국 식도락가들의 발길이 끊이지 않는 소바 전문점. 메밀의 향과 면의 탄력을 살린 맛으로 각광받고 있다. 두부 요리도 별미다. 주방장은 고키리코 전승자로 저녁이면 고카야마 합장촌 내 민박집에서 공연을 펼치는 독특한 경력의 소유자다.

대표메뉴 수타 소바 1,000엔~ **영업시간** 11:00~16:00 / 매주 수요일 휴무 **찾아가는 법** JR 조하나역(城端駅)에서 가에쓰노 버스(加越能バス) 승차 후 가미나시(上梨) 정류장 하차 **주소** 도야마 현(富山県) 난토 시(南砺市) 가미나시(上梨) 747 **전화번호** 0763-66-2744

음~ 맛있다!
역시 새로 수확한
메밀로 만든 소바라야아
향이 살아
있지!

선생님
소바 메밀은
작년것 이라는
데요

비닐팩으로 잘 포장
보관했기 때문에
향이 살아있데요

....

일본 비경 100선으로 꼽히는
구로베 협곡黑部峽谷

다테야마 연봉과 우시로타테야마(後立山) 연봉 사이에
있는, 일본 내에서 가장 깊은 'V'자 협곡으로 도야마
현 동부에 위치해 있다. 도야마에서 가장 인기가 높은
관광 명소 중의 하나인 구로베 협곡은 '도롯코 열차'
를 타고 풍경을 감상하는 방법이 일반적이다. 도롯코
열차란 댐 건설 당시 필요한 자재나 인부 들을 운반하
기 위한 운송수단이었으나 현재는 관광 열차로만 운
행하고 있다. 우나즈키역(宇奈月駅)을 출발하여 종점인
게야키다이라역(欅平駅)까지 전장 20.1km를 1시간 20
분가량 천천히 달리는데 깊게 패인 협곡의 장관뿐 아
니라 41개의 터널과 22개의 다리를 통과할 때마다 시

시각각 변하는 풍경은 이 노선의 자랑거리다. 특히 길이 64m, 높이 60m에 이르는 아토비키 다리(後曳橋)에서 바라보는 경치는 놓쳐서는 안 될 대표 경승지로 알려져 있다. 종점인 게야키다이라역에는 짧은 산책로가 마련되어 있다. 또 구로베강 위를 가로지르는 다리를 건너면 깎인 단면이 그대로 노출되어 있는 사루토비 협곡(猿飛峽)을 눈앞에서 감상할 수 있다. 여유가 있다면 역 주변의 '야마고야 바바타니 온천(山小屋祖母谷温泉)'에서 여행의 피로도 풀 수 있다.

도롯코 열차 トロッコ電車

운임 성인 편도 기준 우나즈키역~게야키다이라역 1,710엔(시즌별 상이) **승차역** 우나즈키역(宇奈月駅), 구로나기역(黒薙駅), 가네쓰리역(鐘釣駅), 게야키다이라역(欅平駅) **구매방법** 승차역 창구 구매 또는 홈페이지 예매 **→우나즈키역(宇奈月駅):** 도롯코 열차의 출발점으로 협곡 입구에 있는 작은 온천마을인 우나즈키 온센(宇奈月温泉)에 위치한다. 협곡으로 가는 길에 온천료칸과 호텔, 박물관, 산책로 등이 자리잡고 있으며, 도롯코 열차에서 비경 구로베 협곡을 감상할 수 있다. **→구로나기역(黒薙駅):** 작고 외진 곳에 있는 이 역은 구로나기강이 구로베강으로 흘러드는 숲의 가파른 절벽 위에 자리잡고 있다. 이 역에서는 다토비키 다리에서 절경을 내려다볼 수 있으

며 당일치기로 구로나기 온천을 만날 수 있다. **→가네쓰리역(鐘釣駅):** 도롯코 열차 역 중에서 가장 발전된 곳으로, 역에서 내리면 만년설 전망대와 강가 천연 노천탕, 가네쓰리 삼존상을 볼 수 있다. **→게야키다이라역(欅平駅):** 도롯코 열차의 종착역으로 바바다니강과 구로베강이 만나는 해발 600m 지점에 자리잡고 있다. 산책로를 따라 걷다 보면 사루토비 협곡과 오쿠가네 다리, 족욕장을 만날 수 있다.

다테야마 구로베 알펜루트 立山黒部 Alpine Route

높이 3,015m의 다테야마산은 후지산(富士山), 하쿠산(白山)과 더불어 일본인이 숭배하는 3대 영산에 속한다. 일본 중부산악국립공원 내에 있으며 산의 규모가 워낙 방대하고 뛰어난 자연경관을 자랑하는 탓에 'Japan Alps(일본의 알프스)'란 별칭이 어색하지 않을 정도다. 구로베 알펜루트란 이름은 등산코스를 뜻하기도 하지만 기차, 고원버스, 케이블카, 로프웨이(스키 리프트의 일종) 등 6가지 교통편과 더불어 도보로 둘러볼 수 있는 관광 코스로 더욱 유명하다. 알펜루트의 하이라이트는 다이칸보역(大観峰駅)에서 구로베 댐까지의 코스로 로프웨이를 타면 다테야마 연봉과 넓은 호수가 발 아래로 파노라마처럼 펼쳐진다. 또 일본에서 가장 깊은 구로베 댐을 도보로 횡단하는 행운을 누릴 수 있다.

알펜루트 종합 사이트 www.alpen-route.com

延楽 Hotel 가이세키

아사히 맥주

삶은계란 밥

마 오렌지껍질

흰새우 스프

꽁치

새우

도래

젤리

간장

물수건

延楽

延楽

우나즈키 온천 宇奈月温泉

구로베 협곡을 달리는 도롯코 열차의 출발지이자 다
테야마와 주변 스키장을 찾는 관광객들로 늘 북적이
는 도야마 최대의 온천지다. 일본에서 제일의 투명도
를 자랑하며 엔라쿠(延楽) 등 유수의 료칸과 숙박시설
들이 구로베강 주변에 위치하고 있어 협곡과 강을 바
라보며 온천을 즐길 수 있다.

우나즈키 온천 종합 사이트 www.kurobe-unazuki.jp

고카야마 합장촌 五箇山合掌の里

헤이안(平安)시대 처절했던 겐페이(原平)전쟁에서 패한 헤이케(平家)족 난민들이 숨어 살았던 장소로, 일본 특유의 갓쇼즈쿠리(合掌造り) 양식으로 지어진 가옥들이 온전히 남아 있는 몇 안 되는 촌락이기도 하다. 갓쇼즈쿠리 양식은 겨울철 폭설에 대비해 지붕을 급경사로 높게 올린 구조로 마치 기도할 때 합장을 하는 모습을 닮아 붙은 이름이다. 고카야마에는 아이노쿠라(相倉)와 스가누마(菅沼) 집락이 자리잡고 있으며 세계문화유산으로 등록되어 있다. 아이노쿠라에는 23채의 갓쇼즈쿠리가 남아 있는데 대부분 민박과 음식점 그리고 기념품 가게로 운영되고 있다. 주변에는 화지마을(和紙の里)이 있어 다양한 체험을 할 수 있다.

집을 지을때
필히 유리로 된 식당을
밖으로 내의 깃자

七味唐(시치미당) 상
일본집처럼

고카야마 합장촌(五箇山合掌の里) **종합 사이트** www.gokayama-info.jp

고카야마 화지마을五箇山和紙の里

체험 프로그램 화지 만들기 600엔~, 숙박 체험 1박 2,500엔~ **주소** 도야마 현(富山県) 난토 시(南砺市) 히가시나카에(東中江) 215 **전화번호** 0763-66-2223 **홈페이지** www.gokayama-washinosato.com

고키리코 こきりこ

645년경부터 오늘날까지 전승되어 온 일본에서 가장 오래된 민요 중 하나다. 농악에서 발달한 무용이라는 덴가쿠(田楽)에서 유래됐으며 모내기할 때 풍작을 기원하며 추는 춤으로 발전했다. 특이하게 생긴 모자를 쓰고 널빤지를 엮어 만든 '사사라'를 치며 춤을 추는 데 이때 북, 피리 등의 반주에 맞춰 민요를 부른다. 고카야마 합장촌에서 민박을 하는 경우 무료 관람이 가능하다.

이케다야야스베이 상점 池田屋安兵衛商店

다테야마를 비롯해 주변에 유독 산악 지형이 많은 도야마는 예부터 약재로 유명한 지방으로 현재도 전통적인 방법을 고수하는 약재상들이 굳건히 자리를 지키고 있다. 도야마 시 중심 시가지에 위치한 이케다야 야스베이 상점은 일본 내에서 유일하게 예전 방식 그대로 수동식 기계를 이용해 환약 제조 체험을 할 수 있는 곳이다. 또 이곳에서 일본을 대표하는 생약, 한약 등을 구입할 수 있다.

대표상품 위장약 에추한곤단(越中反魂丹) 小 1,500엔, 中 3,000엔, 大 5,000엔 **체험 프로그램** 환약 제조 체험(무료) **영업시간** 09:00~18:00 / 연말연시 휴무 **찾아가는 법** 노면전차 니시초(西町) 정류장 하차 후 도보 2분, JR 도야마역(富山駅)에서 차로 5분 **주소** 도야마 현(富山県) 도야마 시(富山市) 즈쓰미 정(堤町) 도오리(通り) 1-3-5 **전화번호** 076-425-1871

농사가 끝나는 겨울에 약상자를
메고 전국을 돌아다니면서 원하는
가정마다 약을 나누어주고 비었듯이
방문해서 먹은 만큼
돈을 거두어들었다

家庭業

나무상자

대
바구니

앉은
가슴

가이오마루 파크 海王丸パーク

'바다의 귀부인'이라 불리던 가이오마루 범선을 공개하고 있는 공원이다. 가이오마루는 상선학교의 연습선으로 탄생했으며 59년간 지구를 100만 해리(지구 약 50바퀴) 넘게 항해했다. 특히 11,190명이나 되는 바다 사나이를 육성한 것으로 유명하다.

이용요금 무료(범선 승선 시 성인 400엔, 초·중학생 200엔) **운영시간** 09:00~17:00(시즌별 마감시간 상이) / 매주 수요일 및 12월 29일~1월 3일 휴무 **주소** 도야마 현(富山県) 이미즈 시(射水市) 가이오 정(海王町) 8 **전화번호** 0766-82-5181 **홈페이지** www.kaiwomaru.jp

신미나토 관광선 우치카와 유람 코스

新湊観光船 内川遊覧コース

1.8km 길이의 아담한 우치강을 약 50분 동안 순회하는 유람선을 타고 휴게소가 자리잡은 지붕이 달린 보행자용 다리, 스탠드글라스장식 다리, 동상으로 꾸며진 다리 등 개성 강한 11개의 다리를 통과하는 재미가 쏠쏠하다.

이용요금 성인 1,500엔, 초등학생 800엔 **운영시간** 09:00~16:00 / 매주 수요일 및 공휴일 다음 날 휴무 **소요시간** 약 50분 **코스** 가이오마루 파크→도야마 신항→우치카와(11개 다리 순회)→도야마만→가이오마루 파크

다카오카 대불高岡大仏

다카오카 시의 다이부쓰지(大仏寺)에 있는 동조아미타여
래좌상. 일본 3대 대불상이며 국가유형문화재로 지정되어
있다. 다카오카의 동기제조기술이 집대성된 좌상은 완성
도가 너무도 훌륭하여 일본에서 제일 잘생긴 대불로 손꼽
히고 있다. 높이 약 15m, 중량 65톤을 자랑하며 대좌 내부
의 회랑에는 1900년대 소실된 목조대불의 머리와 13장의
불화가 전시되어 있다.

운영시간 06:00～18:00 **찾아가는 법** JR 다카오카역(高岡駅)에서 도보 10분
주소 도야마 현(富山県) 다카오카 시(高岡市) 오테 정(大手町) 11-29 **전화번호**
0766-23-9156

쇼묘다키 폭포 称名滝

높이 350m 일본 최고의 낙차를 자랑하는 4단 구성의 폭포다. 국가 지정 명승 및 천연기념물로 일본 폭포 100선에 선정되기도 했다.

폐쇄기간 동계 시즌 **위치** 다테야마 산지 내 위치 **주소** 도야마 현(富山県) 나카니카와 군(中新川郡) 다테야마 정(立山町) 아시쿠라지(芦岭寺) **전화번호** 076-462-9971

쇼시치

고카야마 합장촌 내에 위치한 쇼시치(庄七)는 약 200년의 역사를 자랑하는 민박집이다. 갓쇼즈쿠리(合掌造り) 양식으로 지어진 집에서의 숙박은 색다른 경험을 선사한다. 특히 이로리(囲炉裏, 일본 전통방식의 화로)에서 구운 이와나(岩魚, 곤들매기)와 잉어회, 짚에 엮어 건조한 고카야마 특제 두부와 산채로 차린 저녁상은 특급 료칸의 가이세키가 부럽지 않다.

숙박비 2인 1실, 성인 1인 기준 12,000엔~(조식 및 석식 포함, 날짜 및 룸 타입에 따라 요금 상이) **찾아가는 법** JR 조하나역(城端駅)에서 택시로 20분 **주소** 도야마 현(富山県) 난토 시(南砺市) 아이노쿠라(相倉) 421 **전화번호** 0763-66-2206 **홈페이지** www.syo-7.jp

2011. 10. 3
세계문화유산 富山五箇山 고카야마 옛동네

호텔다테야마 ホテル立山

다테야마(立山) 구로베 알펜루트의 출발지이자 중심지인 무로도다이라(室堂平)에 위치한 리조트호텔로 숙박은 물론이며 수준급의 식사도 가능하다. 대개 등산객들은 도시락을 구매하는 반면 관광객들은 도시락과 비슷한 수준의 식사, 전골요리 혹은 간소한 가이세키나 서양식 요리 중 선택한다. 2,450m 고도의 일본 최고(最高)에 위치한 호텔 레스토랑에서 다테야마 연봉을 한눈에 바라보며 즐기는 식사는 그 어디에서도 경험할 수 없는 독특한 추억을 선사한다. 이외에도 호텔 기념품 상점에서만 구매할 수 있는 맥주와 사케, 간식 그리고 각종 기념품들이 이곳을 더욱 특별하게 만들고 있다.

숙박비 2인 1실, 성인 1인 기준 20,520엔~(조식 및 석식 포함, 날짜 및 룸 타입에 따라 요금 상이) **주소** 도야마현(富山県) 나카니카와 군(中新川郡) 다테야마 정(立山町) 아시쿠라지(芦峅寺) 무라도(室堂) **전화번호** 076-463-3345 **홈페이지** http://h-tateyama.alpen-route.co.jp

돼지고기.파.묵우.버섯 (전골)

고추아특임
새우

완즈
(현근+송이버섯)
끓이는 국물

해삼
난소말린것

주방장매서 121

소라

해삼초절임

식정주
꿀로만드던술

버섯+ 온천수

두부

게

소스

오이김재

오징어젓갈
내장+성게

소면+ 생선살
같은 뎡어 튀김

맥주

간장

물수건

108

도야마 비행정보(2016.05.13 기준)

도야마 현 관광정보: www.info-toyama.com

아시아나항공(주 3회 운항)
인천→도야마) 화·금·일 09:10 출발, 11:00 도착
도야마→인천) 화·금·일 12:00 출발, 14:00 도착

일본에서 가장
일본스러운 곳
이시카와

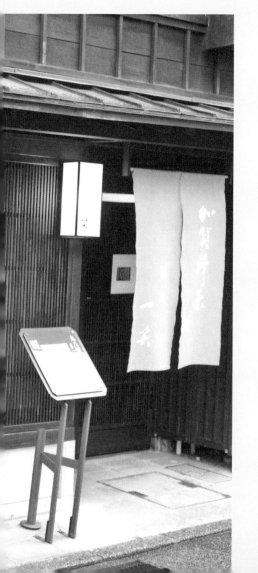

젓가락을 두들기며
한일 양국의 화합을 노래하다

젓가락이 일본어로 하시(箸, はし)라는 사실은 히가시차야가이(ひがし茶屋街)에서 젓가락에 금박 입히기 체험을 하면서 처음 알게 되었다. 우리는 나름 일본 취재를 다녔다고 자부하건만 정작 젓가락의 일본어를 몰랐다는 사실에 적지 않게 당황했다. '하시'를 모른다고 해서 큰 문제가 생기는 건 아니지만 음식을 주로 취재하는 사람으로서 무관심에 대한 일종의 자기반성이었다. 금박 입히기 체험을 마무리할 즈음 "그럼 와리바시는 뭐죠?"라며 허영만 선생님이 질문을 던졌다. 당초 간단한 질문과 답으로 끝날 것 같았던 상황은 예상과 달리 다양한 젓가락 이야기로 꽃을 피웠다.

'와리바시(割箸)' 한자를 풀어보면 '젓가락을 나누다 또는 쪼개다'라는 의미가 된다. 하시가 바시로 발음되는 것은 문법 때문이다. 그렇다면 굳이 쪼개어 쓰는 젓가락은 왜 탄생한 것일까? "가족들조차 젓가락을 나눠 쓰기 싫어하는 일본인들의 성향 탓입니다."라는 금박 체험 지도 선생의 말은 일리가 있다. 즉, 젓가락이 붙어 있

112

다는 것은 남이 사용하지 않은 상
태를 증명하는 것이고 그걸 쪼개는
것은 최초 사용자의 권리인 것이
다. 몇 해 전 저질 중국산 젓가락이
사회적 문제로 대두되었음에도 불
구하고 일본인들의 '자기 젓가락'
집착은 여전하다.

체험을 끝내고 료칸에 돌아오
자 저녁 식사가 준비되어 있었는
데, 상 위에 가로로 놓인 젓가락이
우리의 눈길을 끌었다. 가로를 고
집하는 이유에 대해서는 사무라이
설, 몽고의 침략 실패설, 낮은 상다
리설 등 수많은 의견들이 존재하나
어느 것 하나 명확하게 밝혀진 바는 없다. "틀림없는 사실은 일본 특유의 젓가락
문화가 존재한다는 것입니다." 대화를 엿듣던 나이 지긋한 료칸 주인이 절묘하게
끼어들었고 대화는 자연스럽게 젓가락 예절로 이어졌다. 소위 '밥상머리 교육'인
셈이다. 료칸 주인은 밥에 젓가락을 수직으로 꽂아 두기, 반찬을 젓가락 끝으로 콕
찌르기, 젓가락으로 상대방을 지목하기, 젓가락으로 밥이나 반찬을 헤집기, 젓가락
빨기 등은 예의에 어긋나는 행동이라며 주의를 당부했다. 특히 젓가락으로 반찬을
집어 다른 사람의 밥그릇에 놓는 행동은 절대 해서는 안된다. 일본인의 경우 장례
식에서 화장하고 남은 고인의 뼈를 젓가락으로 집어 유족에게 전달하는 장례풍습
이 있기 때문에 그렇다.

한편 이처럼 까다로운 일본의 젓가락 예절은 다양한 용도의 젓가락을 탄생시켰다. 예를 들어 료칸 측에서 준비한 도미회를 나눠 먹을 때는 도리바시(取り箸)라는 분배용 젓가락을 사용해야 한다. 떡국을 먹을 때는 후토바시(太箸)나 조우니바시(雜煮箸), 신년 음식을 먹을 때는 이와이바시(祝い箸), 차를 마시기 전에 간단한 식사를 대접할 때는 리큐바시(利休箸), 요리를 할 때나 담을 때는 사이바시(菜箸)를 쓴다. 여기서 끝이 아니다. 이런 젓가락들은 그 모양에 따라 또다시 분류가 가능하다. 소재나 용도가 극히 제한적이고 단순한 우리나라와 비교할 수 없을 정도로 정교한 젓가락 문화를 보유하고 있는 셈이다. 설명을 마친 료칸 주인은 자신 때문에 저녁 시간이 딱딱해졌다며 일본 특유의 양해를 구했다. 그러고 나서 한국에서 온 손님들을 위해서 특별히 준비한 야나기바시(柳箸)를 소개하며 젓가락 강의(?)의 대미를 장식했다. 버드나무를 뜻하는 야나기로 만든 야나기바시는 이와이바시와 마찬가지로 신년 등 축하할 일이 있을 때 사용하는 젓가락이다.

"감사의 표시로 이제 한일 젓가락 문화의 가장 큰 차이점을 알려드리겠습니다."

허영만 선생님이 호기롭게 던진 한 마디에 좌중이 조용해졌고 자리에서 일어나려던 주인 역시 호기심 가득한 표정을 내비쳤다. 잠깐의 침묵이 흐르고 허영만 선생님은 젓가락으로 밥상을 두들기기 시작했다. 젓가락 리듬과 박자에 맞춰 노래를 곁들이자 주인은 이제야 알겠다며 그 역시 젓가락을 잡았다. "한국은 쇠젓가락이라 소리가 강한 반면 일본은 나무젓가락이라 소리 울림이 인상적이다."라는 선생님의 칭찬이 더해지자 분위기는 최고조에 이르렀다. 어느덧 료칸에는 한국인과 일본인의 젓가락 합주에 맞춰 노래가 울려 퍼졌다. 여하튼 젓가락 하나에도 '가깝고도 먼 나라'가 일본이다.

한국 젓가락 VS 일본 젓가락

당시 료칸에서 나눴던 한일 양국의 젓가락 문화 차이를 정리하면 다음과 같다.

가장 큰 차이는 역시 가로와 세로의 문제다. 일본은 늘 젓가락을 가로로 놓는다. 여러 설이 있으나 가장 널리 퍼진 것은 사무라이설이다. 젓가락이 무기가 될 수 있으므로 상대방을 향하지 않게 가로로 놓았다는 것이 요점인데 아무리 생각해도 신빙성이 낮다. 또 하나는 밥상의 높이 때문이라는 설인데 이 역시 논리적으로 설득력이 약하다. 그나마 몽골 침략 실패설이 타당해 보인다. 중국 역시 송나라 시대까지는 일본처럼 젓가락을 가로로 놓았으나 몽골 침략 후 기마민족의 전통에 따라 젓가락을 세로로 놓게 되었다는 것이다. 결국 몽골의 침략을 받지 않았던 일본은 전통을 그대로 유지하고 있다는 것이다.

또 다른 차이는 젓가락의 모양새다. 일본 젓가락은 끝이 뾰족한데 이는 생선을 보다 효율적으로 먹기 위한 선택이다. 이에 반해 한국 젓가락은 찢어먹는 음식이 많았기 때문에 뭉툭하다.

또 일본은 젓가락만을 사용함으로 밥그릇을 들고 밥을 먹는다. 이는 한국인의 입장에서 보면 거지들이 밥을 먹는 것처럼 느껴진다. 반면 수저를 사용함으로 인해 머리를 숙여서 밥을 먹는 한국인을 보면 일본인은 고양이나 개를 떠올린다고 한다. 참고로 밥을 젓가락만으로 먹느냐 수저로 먹느냐의 차이는 밥의 진 정도라는 이야기도 있다.

130년 된 민가를 개조한
소안

이시카와에서 소바를 먹고 싶다면 전문점 소안(草庵)
을 추천한다. 반죽에 전분과 마 등의 부재료를 사용하
는 것이 보편적이지만 이곳의 소바는 직접 빻은 메밀
가루와 우물에서 기른 천연수만을 사용하여 메밀 본
연의 풍미와 향이 발군이다. 오래된 민가를 리모델링
한 가게 내부의 중후한 분위기는 소바의 맛을 더욱 돈
보이게 만든다.

대표메뉴 소바 930엔~ **영업시간** 11:30~16:00 / 매주 목요일 휴무 **찾
아가는 법** JR 호쿠리쿠선 가가이치노미야역(加賀一の宮駅)에서 도보 12
분 **주소** 이시카와 현(石川県) 하쿠산 시(白山市) 쓰루기히요시 정(鶴来日
吉町) 로(ロ) 32 **전화번호** 076-273-1090

야부 신바시점 やぶ 新橋店

가나가와 현의 와지마 시(輪島市), 스즈 시(珠洲市), 노토 정(能登町), 아나미즈 정(穴水町)을 묶어 오쿠노토(奧能登) 지역이라 칭하는데 이곳을 대표하는 향토 요리가 바로 노토돈(能登丼)이다. 쌀과 물은 물론이고 지역에서 생산되는 해산물과 농산물을 식재료로 사용해서 만든 덮밥으로 고슬고슬 지어진 밥 위로 수북이 담긴 회의 양이 푸짐하다. 참고로 그릇과 젓가락까지도 오쿠노토 산을 사용하고 있다. 한 그릇에 이 지역의 모든 맛을 담아낸 메뉴다.

대표메뉴 노토돈 1,500~5,400엔 **영업시간** 11:00~21:00 / 매주 화요일 휴무 **찾아가는 법** 와지마역(輪島駅)에서 도보 10분 **주소** 이시카와 현(石川県) 와지마 시(輪島市) 가와이 정(河井町) 24-17 **전화번호** 0768-22-0006

기칸테 奇観亭

기칸테의 지부니(治部煮)는 가나자와 시(金沢市)를 대표하는 요리다. 얇게 저며 밀가루를 입힌 오리고기(또는 닭고기)와 버섯, 죽순, 미나리, 푸른 야채 등을 다시국물에 넣어 끓인 음식이다. 여기에 통밀을 추가해야 하는

데 반드시 가나자와 특산의 스다레 통밀을 넣어야 한다. 지부니는 자박자박 끓이고 졸여 맛이 응축된 조림국물과 오리고기의 담백함 그리고 거친 통밀의 질감이 어우러진 별미다. 오리고기를 국물에 살짝살짝 찍어 먹는 맛이 기막히다. 지부니라는 이름은 재료를 졸일 때 '지부지부(고기 등을 굽거나 졸일 때 나는 소리)' 소리가 나는 데서 유래했다고는 하나 정설은 아니다. 기칸테를 비롯해 겐로쿠엔 주변에 지부니를 취급하는 음식점이 많다.

대표메뉴 향토요리 정식(百万石園遊膳) 1,080~2,160엔 **영업시간** 08:00~17:00 (점심 제공: 11:00~14:00) / 연중무휴 **찾아가는 법** JR 호쿠리쿠선 가나자와역(金沢駅)에서 차로 15분 **주소** 이시카와 현(石川県) 가나자와 시(金沢市) 겐로쿠 정(兼六町) 1-21 **전화번호** 076-221-0696

후쿠미쓰야福光屋

1625년 창업한 가나자와에서 가장 오래된 사케 제조사다. '술은 살아 있는 생물'이라는 창업자의 유언에 따라 냉동기술이 발달한 오늘날까지도 4월 중순부터 9월 중순까지는 술을 빚지 않는다고 한다. 창업 때부터의 맛을 지키기 위한 의지라고 해석할 수 있다. 이곳의 사케 맛은 차와 같이 음미하며 마실 수 있을 정도로 부드러운 목 넘김이 일품이며 혀끝에 남는 여운마저 향기롭다. 술 생산 외에도 최근 발효기술을 토대로 화장품 생산을 시작했다.

대표상품 구로오비(黒帯) 720ml 1,150엔～, 가가토비(加賀鳶) 720ml 1,050엔～, 후쿠마사무네(福正宗) 720ml 800엔～ **영업시간** 10:00～19:00(견학 시 예약 필수) / 연말연시 휴무 **찾아가는 법** JR 호쿠리쿠선 가나자와역(金沢駅)에서 호쿠테쓰 버스(北鉄バス) 승차 후 고다쓰노(小立野) 정류장 하차 **주소** 이시카와 현(石川県) 가나자와시(金沢市) 이시비키(石引) 2-8-3 **전화번호** 076-223-1117

겐로쿠엔 兼六園

이바라키 현의 가이라쿠엔(偕楽園), 오카야마 현의 고라쿠엔(後楽園)과 더불어 일본 3대 정원으로 일컫는 겐로쿠엔은 가가번(加賀藩, 현재 이시카와 현)을 통치했던 마에다(前田) 가문에 의해 17~19세기까지 에도시대 전반에 걸쳐 조성됐다. 겐로쿠엔이란 이름은 송대 시인 이격비의 낙양명원기(洛陽名園記)에서 유래한 것으로 광대함, 고요함, 기교, 고색창연, 물, 조망이라는 정원의 6가지 조건을 완벽하게 갖추었다는 의미로 해석된다.

정원 안에는 큰 연못과 정자가 있고 불로불사의 신선이 살고 있다는 작은 섬을 마련해 장수와 번영을 기원하고 있다. 봄에는 매화와 벚꽃, 초여름에는 철쭉과 제비붓꽃, 가을에는 단풍, 겨울에는 눈꽃이 장관이다. 특히 두 개의 비대칭 다리를 가진 고토지 등롱(徽軫灯籠)은 전 세계에서 가장 아름다운 석등으로 꼽힌다. 이사카와 현을 대표하는 명소답게 늘 관광객들로 붐비지만 정원의 기품과 격조가 워낙 뛰어나 번잡하거나 소란스럽게 느껴지지 않는다. 인근에는 마에다 가문의 성인 가나자와성이 자리잡고 있다.

입장료 성인 310엔, 소인(6~18세 미만) 100엔 ※**조조 무료 입장** 04:00~개장시간(시즌별로 무료 개방 시간 상이) **운영시간** 3월 1일~10월 15일 07:00~18:00, 10월 16일~2월 29일 08:00~17:00 **찾아가는 법** 노선버스 겐로쿠엔시타(兼六園下) 또는 히로사카(広坂), 데와마치(出羽町) 정류장 하차 또는 JR 호쿠리쿠선 가나자와역(金沢駅)에서 도보 30분 **주소** 이시카와 현(石川県) 가나자와 시(金沢市) 겐로쿠 정(兼六町) 1-4 **전화번호** 076-234-3800

히가시차야가이 ひがし茶屋街

에도시대 요정집들이 몰려 있던 거리로 호쿠리쿠(北陸, 이시카와 현, 도야마 현, 후쿠이 현, 니가타 현을 통틀어 칭하는 명칭)의 기온(祇園, 교토에 위치)이라 불릴 정도로 호황을 누렸다. 당시 '단층 건축물만 허용'이라는 불문율을 깨고 2층 건축물을 허가한 것은 이 거리의 번영을 대변하는 방증이기도 하다. 2층 건물들은 잘 보존되어 있으며 골목골목을 한가하게 걷다 보면 마치 에도시대로 돌아간 듯한 착각마저 든다. 차야가이 즉, 찻집거리는 당시 게이코(芸子, 게이샤(芸者))들이 손님을 접대했던 유흥가를 뜻하는 애칭이기도 했다. 현재도 게이코들의 공연을 볼 수 있는 요정이 6곳 남아 있으며 다양한 기념품과 특산품을 파는 가게들이 즐비해 쇼핑 명소로도 손색이 없다. 가나자와에는 이외에도 니시차야가이(西茶屋街)와 가즈에마치(主計町) 찻집거리가 남아 있다.

영업시간 점포별로 상이 **찾아가는 법** 호쿠리쿠테쓰노선 버스(北陸鉄道路線バス) 하시바초(橋場町) 정류장 하차 후 도보 10분 **주소** 이시카와 현(石川県) 가나자와 시(金沢市) 히가시야마(東山) 1

〈 와지마 누리 (輪島 塗) 〉

하쿠자 箔座

가나자와는 일본 전체 금박 생산량의 90% 정도를 생산하는 지역이다. 와지마 지역은 칠기가 유명한데 그 칠기를 장식하는 데 다량의 금박이 필요했기 때문이다. '하쿠자'는 금박 전문점 중 그 규모가 가장 크고 유명하다. 매장 뒤쪽에 자리잡고 있는 '황금의 곳간'은 필수 관람 코스다. 벽면 전체를 금박으로 입혀 놓은 건물 내부는 보는 것만으로도 신비로운 기운을 느낄 수 있다. 한편 금박을 입힌 가구를 비롯해서 각종 식기류와 액세서리 그리고 화장품 등 다양한 금박 관련 상품을 현장에서 구매할 수 있으며 젓가락에 금박을 입히는 체험 프로그램도 선택할 수 있다.

하쿠자 히카리쿠라箔座ひかり蔵

영업시간 09:30~18:00(동절기는 17:30) / 연중무휴 **금박 체험교실**
10:00, 11:00, 13:30, 14:30, 15:30, 16:30(예약 필수) / 매주 일, 월요일
및 연말연시 휴무 **찾아가는 법** 가나자와 주유버스(金沢周遊バス) 하시바
초(橋場町) 정류장 하차 후 도보 4분 / 호쿠리쿠철도노선 버스(北陸鉄道
路線バス) 하시바초(橋場町) 정류장 하차 후 도보 5분 **주소** 이시카와 현
(石川県) 가나자와 시(金沢市) 히가시야마(東山) 1-13-18 **전화번호** 076-
251-8930

지리하마 나기사 드라이브웨이 千里浜なぎさドライブウェイ

일본에서 유일하게 일반 자동차는 물론이고 심지어 버스로 달릴 수 있는 모래사장
이다. 인공시설이 아닌 자연 그대로 만들어졌다. 해안의 곱디 고운 모래들이 물을
빨아들여 아스팔트처럼 단단하게 굳어 형성되었다. 파도가 부서지는 푸른 바다를
옆에 두고 달리는 색다른 경험을 맛보기 위해 하쿠이 시(羽咋市)에서 호다쓰시미즈
정(宝達志水町)까지 전장 약 8km에 달하는 해안도로를 찾는 자동차로 연일 붐빈다.
광고, 드라마, 영화의 단골 촬영지로도 각광을 받고 있다.

주소 이시카와 현(石川県) 하쿠이 시(羽咋市) 지리하마 정(千里浜町)~호다쓰시미즈 정(宝達志水町) 이마하마(今
浜) **전화번호** 076-722-1118

기리코 회관 キリコ会館

노토지방 마쓰리의 상징인 기리코가 상설 전시되어
있는 회관. 기리코란 높이 4~15m에 달하는 대형 등롱
으로 기리코 회관에는 와지마누리(輪島塗り) 칠기로 제
작된 화려한 기리코와 노토 각 지역의 대표 기리코들
이 불을 밝히고 있다. 회관에 들어서면 그 규모와 화
려함에 압도되고 만다.

입장료 성인 620엔, 고등학생 470엔, 초·중학생 360엔 **운영시간**
08:00~17:00 / 연중무휴 **찾아가는 법** 와지마 특급버스(輪島行特急バス)
와지마 마린타운(輪島マリンタウン) 정류장 하차 **주소** 이시카와 현(石川県)
와지마 시(輪島市) 마린타운(マリンタウン) 6-1 **전화번호** 0768-22-7100
홈페이지 www.wajima-kiriko.com

와지마 공방 나가야 輪島工房長屋

일본의 칠기 관계자들이 꼭 한번은 찾는 곳이 와자마
칠기 산지다. 칠기의 한 기법인 옻칠(漆)을 논하면 '와
지마누리(輪島塗り, 와지마산 칠기)'를 칭할 정도로 와지마
는 옻의 고장으로 유명하다. 그 이유는 붉은 흙과 함께
느티나무, 옻나무 등이 풍부하였고, 더불어 히가시차야
가이에서 요정들이 번성하여 옻가구의 수요가 많았기
때문이다. 와지마 공방을 방문하면 와지마누리의 공정
을 한눈에 볼 수 있으며 옻칠 체험을 할 수 있다. 또 장
인들의 작업현장을 가까이에서 견학할 수 있다.

입장료 무료 **체험교실** 침금(沈金)체험 성인 기준 2,500엔, 젓기락 만들기 1,500엔~ **운영시간** 09:00~17:00(5~8월은 18:00까지) **체험접수** 09:00~15:30 / 매주 수요일 및 12월 30~31일 휴무 **주소** 이시카와 현(石川県) 와지마 시(輪島市) 가와이 정(河井町) 4-66-1 **전화번호** 0768-23-0011

와지마 아침시장 輪島朝市

노토 반도의 북쪽 끝자락에 자리한 와지마는 예부터 해상 교통의 중심지였다. 여행자들이 가장 즐겨 찾는 곳은 중심지 해안에 자리한 아침시장이다. 1,000여 년 전부터 계속 이어져 오는 전통시장으로 아침 8시부터 열린다. 일본에서는 드물게 가격표가 없어서 흥정의 묘미를 만끽할 수 있다. 아침시장인 만큼 신선한 해산물이 주를 이루며 건어물과 채소, 민속공예품 등을 파는 200여 개의 노점이 도로 양쪽에 빼곡히 들어서 있다.

영업시간 08:00~12:00 / 매월 둘째, 넷째 주 수요일 및 1월 1~3일 휴무 **찾아가는 법** 와지마 특급버스(輪島行特急バス) 와지마 마린타운(輪島マリンタウン) 정류장 하차, 도보 1분 **주소** 이시카와 현(石川県) 와지마 시(輪島市) 가와이 정(河井町) 아사이치도리(朝市通り) **전화번호** 0768-22-7653

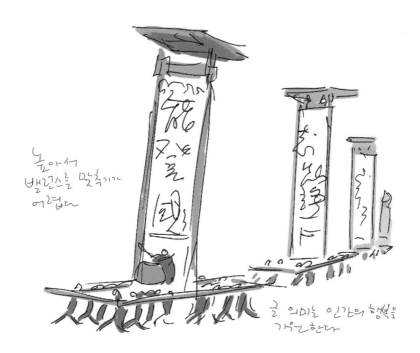

놀아서
밸런스를 맞추기가
어렵다

굴 의미는 인간의 행복을
기원한다

게타타이샤気多大社

'인연을 맺어주는 신'인 오쿠니누시노미코토(大国主命)를 모시고 있는 신사로 일본에선 유일하게 인연 전용 기원소가 자리잡고 있다. 본전(本殿, 본당)과 배전(拝殿, 참배당) 그리고 신문(神門)은 국가중요문화재로 지정되어 있으며 본전 뒤로는 천연기념물인 이라즈노모리(入らずの森)라는 자연림이 자리잡고 있다. 약 3.3ha에 이르는 자연림은 예부터 신의 구역이라 알려져 사람들의 출입을 엄금한 탓에 원시림 그대로의 상태를 유지하고 있다. 한편 신사가 자리잡고 있는 언덕에서 바라보는 경관은 명경 중의 명경으로 꼽힌다.

운영시간 08:30~16:30 **주소** 이시카와 현(石川県) 하쿠이 시(羽咋市) 지케 정(寺家町) 쿠(ク) 1-1 **전화번호** 0767-22-0602

■ 이름에서 알 수 있듯이 기
(氣)가 많은 곳. 일본인들은 이
곳에서 기 부적을 구입해 몸
에 지니고 다닌다.

나가마치 무사 저택터 長町武家屋敷跡

가나자와의 중심가인 고린보(香林坊)를 지나 뒷골목으로
들어서면 에도시대를 연상하게 만드는 나가마치 무사 저
택가가 나온다. 황토색의 흙담과 돌바닥이 고풍스러운 분
위기를 연출하는 이곳은 에도시대 당시 가가번에 소속된
상급, 중급, 하급 무사가 모여 살던 동네로 현재는 가옥 대

부분이 공공시설로 바뀌었다. 한편 중급 무사였
던 노무라케(野村家) 가옥이 잘 보존되어 있어 당
시 생활상을 짐작할 수 있다.

입장료 무료 **찾아가는 법** 호쿠리쿠철도노선 버스(北陸鉄道路線バ
ス) 고린보(香林坊) 정류장에서 도보 5분 **주소** 이시카와 현(石川県)
가나자와 시(金沢市) 나가 정(長町) 1 **전화번호** 076-232-5555

노무라케 가옥 武家屋敷跡 野村家

입장료 성인 550엔, 고등학생 400엔, 초·중학생 250엔 **운영시**
간 4~9월 08:30~17:30, 10~3월 08:30~16:30 / 12월 26~27일
휴관 **주소** 이시카와 현(石川県) 가나자와 시(金沢市) 나가 정(長町)
1-3-32 **전화번호** 076-221-3553

호시 료칸 北陸 粟津温泉 法師

이시카와 현에서 숙소를 정해야 한다면 무조건 1순위로 올려놔야 하는 곳이 바로 호시 료칸이다. 서기 718년에 개업하여 현재 46대 주인이 대를 잇고 있는 이곳은 취재 당시만 해도 1,300여 년의 역사를 지닌 현존 최고(最古) 료칸이었다(현재는 야마나시 현의 게이운칸(慶雲館)이 최고로 인정받음). 그 역사만으로도 특별한 의미를 선사하며 온천, 음식, 서비스마저도 이에 어울리는 격조를 지닌 곳이다. 각 객실에서 바라보는, 수령 400년이 넘는 수목들이 즐비한 정원은 고요한 휴식을 갈무리해준다.

숙박비 2인 1실, 성인 1인 기준 14,000엔~(조식 및 석식 포함, 날짜 및 룸 타입에 따라 요금 상이) **찾아가는 법** 전철 아와즈역(粟津駅), 가가온센역(加賀温泉駅)에서 셔틀 가능 **주소** 이시카와 현(石川県) 고마쓰 시(小松市) 아와즈온센(粟津温泉) **전화번호** 0761-65-1111

아에노카제 료칸 <small>あえの風</small>

와쿠라 온천(和倉温泉) 지구는 나나오만(七尾湾)에 인접하여 '바다의 온천'이라고도 불린다. 이 지구에서 제1의 숙소는 가가야(加賀屋)이고 그 가가야 자매관인 아에노카제 역시 방문객들의 호평을 받는 호텔식 료칸이다. 스테이지를 빙 둘러싼 형식의 연회장이 인상적인데 식사를 하는 동안 이시카와 현의 무형문화재인 고진조다이코(御陣乗太鼓) 쇼를 감상할 수 있다. 아에노카제 역시 바다 조망이 시원하다.

숙박비 2인 1실. 성인 1인 기준 28,000엔~(조식 및 석식 포함. 날짜 및 룸 타입에 따라 요금 상이) **찾아가는 법** 전철 와쿠라온센역(和倉温泉駅)에서 무료 셔틀(예약 필수) **주소** 이시카와 현(石川県) 나나오 시(七尾市) 와쿠라온센(和倉温泉) **전화번호** 0767-62-3333

가가야 료칸 <small>加賀屋</small>

숙박비 2인 1실 기준 1인당 28,800엔~(날짜 및 룸에 따라 가격 상이, 조식 및 석식 포함) **찾아가는 법** 전철 와쿠라온센역(和倉温泉駅)에서 무료 셔틀(예약 필수) **주소** 이시카와 현(石川県) 나나오 시(七尾市) 와쿠라 정(和倉町) 요부(ㅋ部) 80 **전화번호** 076-762-1111

가노가니
(加能蟹)

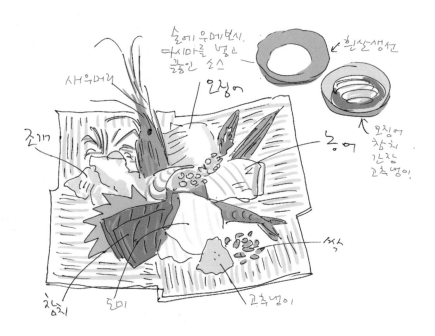

술에 우메보시,
다시마를 넣고
끓인 소스

흰살생선

새우머리

오징어

오징어
참치
간장
고추냉이

조개

농어

침묵
연어

도미

밥

고추냉이

134

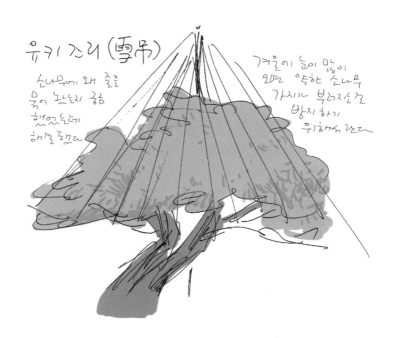

유키 즈리 (雪吊)

소나무에 왜 줄을
묶어 놨는지 궁금
했었는데
해결 됐다

겨울에 눈이 많이
와요 약한 소나무
가지는 부러지는걸
방지 하기
위해서 ㄹㄹㄹ

 이시카와 비행정보 (2016.05.13 기준)

이시카와 현 관광정보: www.hot-ishikawa.jp

대한항공(주 3회 운항)

인천→고마쓰) 수·금 09:05 출발, 10:50 도착 / 일 08:00 출발, 09:45 도착

고마쓰→인천) 수·금 12:00 출발, 13:55 도착 / 일 10:45 출발, 12:40 도착

소설《설국》의 배경
니가타

노천탕에 앉아 설경을 바라보며
마시는 사케 한잔

'국경의 긴 터널을 빠져 나오자 눈의 고장이었다.'

니가타의 설경은 소설《설국(雪国)》의 첫 문장을 떠올리게 했다. 핫카이산(八海山) 양조장으로 향하는 버스 안에서 바라본 창밖 풍경은 사방이 온통 눈뿐이었다. 작가 가와바타 야스나리(川端康成)의 묘사는 간결하지만 예리했다. 길을 따라 십수 년 전 읽었던 소설의 내용을 되새기다 문득 사케와 관련된 부분이 있었는지 궁금해졌다. 취재 원고에 소설 속 문장을 인용하면 근사할 것 같아 동행한 최갑수 시인에게 물어보았으나 확신이 없는지 고개를 저었다. 인터넷 검색을 해보아도 별 소득은 없었다. 그사이 버스는 양조장 정문을 통과하고 있었다.

니가타를 일컬어 흔히 '일본의 부르고뉴(프랑스 동부 지방. 포도 재배와 포도주 생산으로 유명하다)'라 부른다. 양조장 수가 97곳에 달하며 이 중 300년 이상의 역사를 자랑하는 양조장만 10곳이나 된다. 양조장의 역사는 기술력과 동일한 의미로 통하며 이 기술

138

〈高半(다카항) 여관〉
가와바타 야스나리 선생이 雪国(설국)을
집필했던 곳. 밥을 짓 반출하고 있다

력은 맛으로 증명된다. 그리고 이 맛의 출발은 의외로 눈
에서 시작한다. 눈은 녹아 맑은 물이 되어 대지를 적시고
그 대지에서는 일본 제일의 쌀이 생산된다. 특히 양조 전
용 쌀로 애용하는 '고햐쿠만고쿠(五百万石)'와 '고시탄레이
(越淡麗)'는 효고 현(兵庫県)의 '야마다니시키(山田錦)'와 자
웅을 겨룰 정도다. 최고의 쌀과 맑고 깨끗한 물은 명주(名
酒)의 절대조건이며 여기에 긴 겨울과 풍부한 적설량은 습
도와 기온 등 최적의 양조환경을 제공한다. 그러므로 니
가타에서 눈은 곧 축복이다.

핫카이산 양조장은 이런 자연의 혜택을 누리며 고시노

간바이(越乃寒梅), 구보타(久保田)와 함께 니가타 사케의 대표주자로 자리매김했다. 일본 내에서 관서(関西)의 효고 현과 도호쿠(東北)의 아키타 현(秋田県) 그리고 관동(関東)의 니가타 현을 사케의 고장으로 꼽는다. 그중 효고와 아키타의 사케가 일본의 전국주라면 니가타는 이곳 양조장의 활약에 힘입어 사케를 전 세계에 알렸다. 휴식 시간에 양조장 관계자에게 니가타 현에서 만든 사케의 글로벌화 원동력과 저력에 대해 물어보니 '사람'과 '마음'이라고 답했다. 경건한 마음으로 재료를 대하는 50~60년 경력의 장인들의 손끝에서 탄생한 사케는 맛의 차원을 넘어 감동으로 승부한다는 자부심이 느껴졌다. 3대를 이어오며 한 치의 흐트러짐 없이 명주를 생산하는 핫카이산이 못내 부러웠다. 그 한마디는 도정률을 비롯한 과학적인 데이터와 제조 과정의 비법을 운운하는 설명보다 오히려 설득력 있게 다가왔다.

양조 과정을 취재한 후 몇몇 사케를 시음할 수 있는 행복한 시간이 왔다. 지명도 1위의 양조장이라는 핫카이산의 명성에 부족함이 없는 맛이었다. 그중 핫카이산 저온발효 기술의 정점이라는 준마이다이긴조(純米大吟醸)는 마실 때보다 넘길 때 잔향이 더욱 짙게 배어 여운이 길게 남는 술로 유명하다. 실제로 마셔보니 처음에는 신맛이 도드라졌고 차츰 단맛이 증폭되어 입안에서 적절한 균형을 이루면서 마지막에는 매끄러운 복 넘김을 선사했다.

술에는 안주가 빠질 수 없는 법. 핫카이산 술은 한국 음식 중 불고기와 궁합이 좋은 편이지만 매운 음식은 피해야 한다는 관계자의 설명을 듣는 순간 그들의 자신감이 부러웠다. 실제 사케는 이자카야(居酒屋)를 통해 일본 안주와 함께 매운 음식 위주의 한국 시장을 공략했고 그 전략이 성공했기 때문에 가능한 말이다.

기분 좋게 술 한 잔을 하고 료칸에 도착해 잠시 숨을 고르는데 오카미상이 유키미자케(雪見酒)를 준비했다며 호의를 베풀었다. 눈 오는 날 설경을 배경으로 노천탕에 몸을 담그고 사케 한 잔의 풍류를 즐기니 그동안 쌓인 피로가 확 풀렸다. 말 그대로 신선놀음이 따로 없다. 니가타에서 장기간 머물면서 소설 《설국》을 써내려간 야스나리 작가는 분명 사케를 마셨을 테다. 그런데 왜 그 소설에 사케에 대한 언급이 없었을까? 탕 위를 둥둥 떠다니는 차갑게 식힌 사케는 분명 명주라는 것이고(일반적으로 고급주는 뜨겁게 데워서 마시지 않는다), 그 명주에 어울리는 설경은 세상의 모든 근심을 날려버리기에 충분함에도 말이다. 그는 술을 못 마셨던 것일까? 아니면 이곳 사케가 별로였던 것일까?

사케 한 잔을 비우고 뜨거운 탕에서 눈을 감았다. 뜬금없는 엉뚱한 상상에 살포시 미소가 번졌다. '야스나리 선생, 유키미자케를 혼자 즐기고 싶어 일부러 언급하지 않은 건 아닌지요?'

창밖이 하얗다. 밖이 보이지 않는다
눈이다.
나가타는 눈이 많다. 거의는 많다

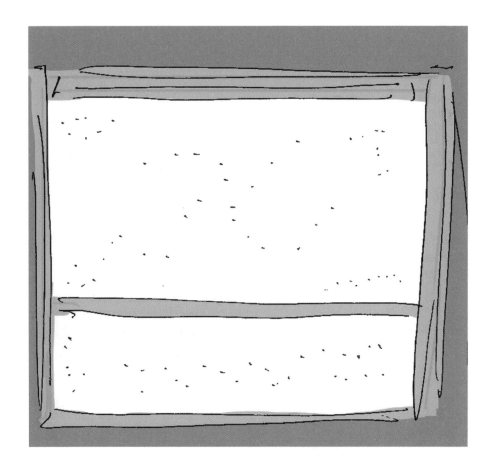

사케 등급

일본 전통주인 사케는 원래 모든 술을 총칭하는 말이지만, 요즘에는 쌀과 누룩을 발효시켜 만든 니혼슈를 가리키는 말로 통용되고 있다. 일본에서는 각 지방마다 고유의 쌀과 누룩을 개발해 수많은 사케를 생산하고 있는데, 그 맛과 향이 다양해 서로 비교하며 즐길 수 있다. 우리나라에서는 정종이라는 말로 익숙한데, 이것은 일제 강점기 때 부산에 일본의 대중적인 사케 브랜드 '마사무네(正宗)'의 공장이 생기면서 널리 퍼진 것이라고 한다.

사케는 해외에서도 많은 사랑을 받아 국제 와인 콘테스트에 사케 부분이 포함되었고 유명 레스토랑에서도 와인 리스트처럼 사케 리스트를 제공하고 있다고 한다.

사케는 그 종류가 다양하며 각각의 술에는 와인처럼 등급이 존재한다. 이 등급은 맛의 차이이자 가격의 차이를 의미한다. 고로 등급만 정확히 알고 있다면 사케 선택이 그만큼 용이해진다. 일단 초도쿠센(超特選), 도쿠센(特選), 조센(上選), 가센(佳選), 이 등급은 잊기로 한다. 일본 내에서도 잘 쓰이지 않는다.

사케의 주원료는 쌀과 물, 누룩, 효모다. 사케의 80%를 차지하는 물은 품질을 좌우하는 중요한 요인으로 경도에 따라 사케의 맛이 달라진다. 연수로 만든 술은 발효가 느려 부드럽고 경수로 만든 술은 발효가 빨라 맛이 강하다.

우리가 기억해야 할 것은 정미율과 원료 배합이다. 양조에 별 도움이 안 되는 쌀 단백질을 깎아내는 과정을 의미하는 정미율이 낮을수록 고급 니혼슈에 속한다. 먼저 정미율이 50% 이하면 다이긴조(大吟醸), 60% 이하면 긴조(吟醸), 70% 이하면 혼조조(本醸造)라 부른다. 다음으로 원료배합이다. 준마이(純米)란 명칭이 들어가는 것과 들어가지 않는 것은 사용 원료에 주정 알코올을 첨가하는지, 안 하는지의 차이다. 등급 앞에 준마이가 표시되어 있다면 순수하게 쌀, 누룩, 물만으로 만들었다는 것을 말한다. 여기에 주정 알코올을 섞었다면 후쓰슈(普通酒)로 통한다. 후쓰슈와 더불어 혼조조 역시 주정 알코올을 사용하나 라벨에 따로 해당 명칭이 붙지 않는다. 다시 말해 그냥 적당한 가격에 마실 수 있는 대중적인 술이란 뜻이다.

아무리 봐도 헷갈린다면 고급주인 다이긴조와 긴조 그리고 준마이만 외워두자. 만약 라벨에 다이긴조와 긴조라는 명칭만 있다면 주정 알코올이 섞였다는 것이고 준마이가 붙었다면 그건 각 양조장의 최상급 명주라 이해해도 된다. 그러니까 누군가 준마이다이긴조를 주문했다면 속으로 쾌재를 불러도 좋다.

주조장의 특별한 방법으로 술을 제조하는 경우에 도쿠베쓰(特別)라는 이름을 붙여 구별한다. 도쿠베쓰 중에는 다이긴조보다 더 낮은 등급에 해당하는 정미율 30%로 만든 술도 있다. 참고로 우리나라에서 인기가 높은 구보타 만주(久保田 萬寿)는 상품명일 뿐이며 등급은 준마이다이긴조다.

그 외에도 나마(生)는 비살균, 고슈(古酒)는 장기 숙성한 술을 의미한다.

고시 국의 빛
고시히카리越光

1956년 후쿠이 현 농업시험장에서 개
발한 벼 품종으로 일본 쌀의 대명사다.
월등한 식감과 맛으로 국내에서도 고
시히카리 열풍이 불 정도로 그 유명세
가 대단하다. 이 품종은 일본의 여러 현
에서 재배되고 있으나 니가타 현에서
생산되는 고시히카리가 가장 맛있다고
한다. 니가타가 사케와 센베이의 고장
으로 통하는 것도 고시히카리의 명성
이 존재하기 때문이다. 전라도에 가면
반찬 걱정이 필요 없듯이 니가타 현에

선 밥맛을 염려할 필요가 없다. 우오누마(魚沼) 지역의 하타고 이센은 사케와 향토 음식을 즐길 수 있는 레스토랑인데 이곳에서는 지역의 쌀과 식재료로 정성을 다해 만든 요리를 만날 수 있다. 참고로 우오누마는 니가타 현에서 가장 비싼 고급 쌀 생산지다.

하타고 이센越後湯沢 HATAGO 井仙

대표메뉴 런치 리조트 코스 1,600엔, 사시미 정식 1,800엔 **영업시간** 런치 11:30~14:30, 디너 18:00~21:00 / 매주 수요일 휴무 **찾아가는 법** JR 에치고유자와역(越後湯沢駅)에서 도보 1분 **주소** 니가타 현(新潟県) 미나미우오누마 군(南魚沼郡) 유자와 정(湯沢町) 유자와(湯沢) 2455 **전화번호** 0120-85-0039

기와미極み

'극한의 맛'이란 뜻을 지닌 기와미는 니가타의 스시 장인들이 만들어낸 자체 브랜드다. 협회에 등록된 장인만이 기와미라는 단어를 사용할 수 있다. 한류와 난류가 교차하여 풍족한 어장을 형성하고 있는 니가타 앞바다에서 잡은 다양한 어종을 장인이 손질한 후 일본에서도 인정받는 쌀 위에 얹어 탄생한 스시 한 점을 입안에 넣으면 '극한의 맛'이란 칭호가 전혀 과장이 아님을 알 수 있다.

일반적이라면 스시에 간장 한 가지만 제공되지만 가와미에는 두 가지 간장,

즉 일반 간장과 난반에비쇼유(南蛮えび醬油, 북쪽분홍새우 간장)와 소금이 나온다. 에비스시는 반드시 난반에비쇼유를 찍어 먹는 것이 좋고 나머지 스시의 경우 주방장의 추천에 따라 세 가지 중 하나를 선택하면 후회가 없다.

스시 종류가 많아 선택의 어려움을 겪는다면 기와미 브랜드에서만 취급하는 3000엔짜리 10개 세트를 주문하면 된다.

세카이스시 せかい鮨

대표메뉴 기와미 세트 3,240엔, 特上 니기리 2,490엔, 上 니기리 1,730엔(소비세 포함가) **영업시간** 런치 11:00~14:00, 디너 15:00~21:30 / 매주 월요일 휴무 **찾아가는 법** JR 니가타역(新潟駅)에서 택시로 5분 **주소** 니가타 현(新潟県) 니가타 시(新潟市) 주오 구(中央区) 눗타리히가시(沼垂東) 4-8-34 **전화번호** 025-244-2656

헤기소바 へぎそば

우오누마 지방에서 시작된 헤기소바는 니가타 명물 소바다. 일반적으로 소바 담는 판은 1인 기준이나 헤기소바는 대략 4인 기준의 큰 판을 사용한다. 이 큰 판의 그릇을 헤기라고 부르는데 삼나무로 제작된다. 헤기 위에는 반죽에 청각채를 넣어 엷은 녹색을 띠는 소바 여러 뭉치가 먹기 좋은 크기로 하나씩 똬리를 틀고 나온다. 한 덩이씩 집어 쓰유에 찍어 먹으면 된다. 일본에서는 흔치 않은, 함께 나눠 먹는 묘미를 느낄 수 있는 소바다.

나카노야 유자와 본점 中野屋 湯木店

대표메뉴 헤기소바·우동 2인분 1,460엔, 3인분 2,190엔, 4인분 2,920엔 **영업시간** 11:00~20:00 / 매주 목요일 휴무 **찾아가는 법** JR 에치고유자와역(越後湯沢駅)에서 도보 1분 **주소** 니가타 현(新潟県) 미나미우오누마 군(南魚沼郡) 유자와 정(湯沢町) 유자와(湯沢) 2-1-5 **전화번호** 025-784-3720

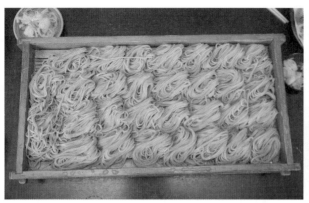

폰슈칸 ぽんしゅ館

니가타 소재 양조장 93곳의 대표적인 사케 브랜드가 모여 있어 지갑이 얇은 애주가와 시간에 쫓기는 관광객들에게 안성맞춤인 장소다. 입구엔 술 취한 두 명의 주정뱅이 인형이 누워 있고 벽면에는 목욕탕 라커룸처럼 층층 붙은 100여 개의 자판기가 있다.

500엔을 지불하면 기키자케(利き酒, 술의 품질을 감정하는 일 또는 술)에서 사용하는 술잔과 5가지의 사케를 시음할 수 있는 코인을 준다. 참고로 가장 인기 있는 술은 구보타이며, 2~5위는 고시노 간바이, 간추바이, 핫카이산, 고시노 우메슈 순이다.

폰슈칸에서는 마음에 드는 사케를 현장에서 구매할 수 있다. 또 시음장 옆에는 사케를 넣은 천연온천도 운영 중인데 모공을 열어주어 몸속의 노폐물을 빨리 밖으로 내보내주는 효과가 있다고 한다.

운영시간 4~12월 09:00~18:00, 1~3월 09:00~20:00 **찾아가는 법** JR 에치고유자와역(越後湯沢駅)에서 도보 1분 **주소** 니가타 현(新潟県) 미나미우오누마 군(南魚沼郡) 유자와 정(湯沢町) 유자와(湯沢) 2427-3 **전화번호** 025-784-3758

폭탄주먹밥 爆弾おにぎり

니가타 지방의 농부들이 먹었던 새참에서 유래한 주먹밥으로 실제 크기가 볼링공보다 약간 작은 크기의 폭탄과 비슷하여 붙은 이름이다. 성인 남자 1명이 배불리 먹을 수 있는 양이며 주먹밥에 들어가는 재료는 총 13가지로 연어와 명란의 인기가 높다. 비용을 지불하면 추가로 속재료를 고를 수 있다. 에치고유자와역을 방문하는 이들은 폰슈칸과 더불어 반드시 폭탄주먹밥을 찾을 정도로 유명하다.

유킨토 雪ん洞

대표메뉴 폭탄주먹밥 370엔〜830엔 **영업시간** 4〜12월 09:30〜18:00, 1〜3월 09:30〜20:00 **찾아가는 법** JR 에치고유자와역(越後湯沢駅) 구내 위치 **주소** 니가타 현(新潟県) 미나미우오누마 군(南魚沼郡) 유자와 정(湯沢町) 유자와(湯沢) 2427-3

센베이 せんべい

쌀이 유명한 니가타는 쌀 가공식품 분야 역시 다른 현을 압도하고 있다. 특히 쌀을 구워 만든 과자인 센베이는 일본 출하량의 60%를 차지할 정도로 중요한 산업 중의 하나다. '센베이 왕국'에서는 니가타 현의 각 지역에서 만든 센베이를 종류별로 구비, 판매하고 있는데 보는 즐거움만으로도 시간이 짧게 느껴질 정도다. 모두 시식이 가능해 선물용으로 인기가 높다.

센베이 왕국에서는 지금도 전통 방식으로 센베이를 만들고 있다. 커다란 석쇠 위에 쌀로 반죽한 것을 수십 개 넣고 숙련된 기술자가 숯불 위에서 직접 구워낸다. 이렇게 한 사람이 구워내는 쌀 과자는 하루에 1500개 정도다. 이곳에는 센베이 제조 과정을 견학하고 체험할 수 있는 별도의 시설이 마련되어 있다.

센베이 왕국新潟せんべい王国

입장료 무료 **체험 프로그램** 센베이 굽기 체험 1,500엔〜 **운영시간** 09:30〜17:00 **찾아가는 법** JR 니자키역(新崎駅)에서 도보 20분 **주소** 니가타 현(新潟県) 니가타 시(新潟市) 기타 구(北区) 니자키(新崎) 2661 **전화번호** 025-259-0161

〈센베이 공장〉

쌀로 만드는 과자공장
하루에   1500장 굽는다
인건비나
나올까나?

볼 거 리 & 숙 소

일본식 전통가옥

북방문화 박물관北方文化博物館

에도시대 부농 전국 랭킹 2위였던 이토(伊藤) 가문의 저택을 개조하여 만든 박물관
이다. 북방지역 즉, 호쿠리쿠(北陸)지역(이시카와, 도야마, 후쿠이, 니가타 현을 통틀어 칭하는 명
칭)의 역사는 물론이고 생활사와 문화사 등을 한눈에 둘러볼 수 있다. 2만9,100㎡
부지에 건평 3,967㎡ 규모의 박물관에는 65개의 방과 5개의 다실이 갖추어져 있다.
건물을 둘러싼 정원을 걷노라면, 지배인 78명에 소작인 2,800여 명을 거느렸으며
58개의 쌀 창고를 소유했다는, 이토 가문의 위세를 짐작할 수 있다. 이토 가문이 한
창 번성했을 때는 끼니마다 쌀 한 가마니로 밥을 지었다고 한다.

   가옥 내부의 큰 마루에서는 게이샤 공연을 관람할 수 있다. 참고로 니가타 후루
마치(古町)는 교토 기온, 도쿄 신바시와 더불어 삼대 게이샤의 고장으로 통했으며
이곳에서는 게이샤를 게이기(芸妓)라 부른다.

입장료 성인 800엔, 초·중학생 400엔(초·중학생은 일요일 및 공휴일 무료 입장) **운영시간** 4~11월 09:00~17:00, 12~3월 09:00~16:30 **찾아가는 길** JR 니쓰역(新津駅)에서 택시로 5분 **주소** 니가타 현(新潟県) 니가타 시 (新潟市) 고난 구(江南区) 소미(沢海) 2-15-25 **전화번호** 025-385-2001

구 오자와 가문 주택 旧小澤家住宅

니가타를 대표하는 부농이 이토 가문이라면 상인은 오자와 집안이다. 에도시대 후기부터 기타마에부네 (北前船)라 불리는 배를 이용한 운송업, 창고업, 해운도 매상 등 다양한 사업에 진출하여 부를 쌓았다. 거상의 점포 겸 주택은 상인 가옥의 전형적인 예로 당시 시설 이 그대로 남아 있다.

입장료 성인 200엔, 초·중학생 100엔(초·중학생은 일요일 및 공휴일 무료 입장) **운영시간** 09:30~17:00 / 매주 월요일 및 12월 28일~1월 3일 휴 관 **찾아가는 길** JR 니가타역(新潟駅)에서 택시로 15분 **주소** 니가타 현(新潟県) 니가타 시(新潟市) 주오 구(中央区) 가미오카와마에도리(上大川前通) 12-2733 **전화번호** 025-222-0300

스키

풍부한 강설량과 수준 높은 설질을 바탕으로 니가타에는 약 60여 개의 스키장이 성업 중이다. 대표적인 곳이 유자와(湯沢)와 묘코(妙高) 지역인데 이곳은 국내 겨울 스포츠 마니아들에게 잘 알려져 있다.

먼저 유자와에는 일본 최대의 이용객을 자랑하는 '나에바 스키장'이 있는데 이 스키장에는 최장 4km의 활주코스 및 '나에바'와 '가구라' 지역을 연결하는 세계 최장 5,481m의 드라곤도라가 운영 중이다. 묘코 지역의 스키장들은 묘코산 중심으로 몰려 있다. 1937년 일본 최초의 국제스키장으로 개장한 아카쿠라 간코리조트 스키장이 대표적이다.

나에바, 묘코 두 지역 모두 초급부터 상급까지 다양한 코스가 마련되어 있으므로 겨울 니가타 관광의 필수 코스로 손색이 없다.

나에바 스키장苗場スキー場

리프트 주간권(08:00～17:00) 5,000엔, 야간권(16:00～20:30/21:00) 2,000엔～3,000엔 **운영시기** 매년 11·12월～4·5월 **운영시간** 평일 및 일요일 08:00～20:30, 토요일 08:00～21:00 **찾아가는 길** JR 에치고유자와역(越後湯沢駅)에서 노선버스 탑승(약 50분 소요) **주소** 니가타 현(新潟県) 미나미우오누마 군(南魚沼郡) 유자와 정(湯沢町) 미쿠니(三国) 202 **전화번호** 025-789-4117

아카쿠라 간코리조트 스키장赤倉観光リゾートスキー場

리프트 주간권 4,200엔, 반나절권 2,900엔 **운영시기** 매년 11·12월～4·5월 **운영시간** 08:30～16:30 **찾아가는 길** JR 묘코코겐역(妙高高原駅)에서 도보 1시간 **주소** 니가타 현(新潟県) 묘코 시(妙高市) 다기리(田切) 216 **전화번호** 0255-87-2503

보쿠시도리 牧之通り

에도시대 도쿄까지 물류 수송을 위해 건설한 도로를 미쿠니카이도(三国街道)라 부르는데 이 도로 곳곳에 역참마을이 번성하였다. 이중 시오자와주쿠(塩沢宿)가 가장 번성하였고 이 역참마을의 보쿠시도리는 당시 거리의 모습을 그대로 재현해 에도시대 향수를 자극하고 있다.

보쿠시도리는 잦은 폭설에도 안전하게 다닐 수 있도록 건물 앞쪽까지 지붕을 연장해 자연스럽게 생긴 통로를 말한다. 눈이 많이 오면 다닐 수 없는 큰길을 대신해 겨울철 마을의 이동 통로 역할을 했다. 일명 겨울통로로 불리며 많은 사람들이 이곳을 이용한 탓에 자연스럽게 상가가 조성됐다.

보쿠시도리 三国街道 塩沢宿
牧之通り

찾아가는 길 시오자와역(塩沢駅)에서 도보 5분 **주소** 니가타 현(新潟県) 미나미우오누마 시(南魚沼市) 시오자와(塩沢)

도키멧세 朱鷺メッセ

니가타 시 반다이지마(万代島)섬에 위치한 복합시설로 컨벤션과 호텔 그리고 상업시설이 몰려 있어 관광객들의 필수 코스로 인식되고 있다. 전망대는 니가타 시의 전경을 한눈에 바라볼 수 있으며 도키멧세 병설인 호텔닛코는 니가타를 대표하는 시티호텔로 자리매김하고 있다.

전망대 운영시간 08:00~22:00, 금요일은 08:00~17:00(무료) **찾아가는 길** JR 니가타역(新潟駅)에서 도보 20분 **주소** 니가타 현(新潟県) 니가타 시(新潟市) 주오 구(中央区) 반다이지마(万代島) 6-1 **전화번호** 025-240-1888

사케노진 にいがた酒の陣

매년 3월 니가타의 모든 양조장들이 모여 새로 만들어진 신슈(新酒)를 소개하는 술의 제전. 덤으로 각 양조장이 출하하고 있는 다양한 사케를 맛볼 수 있다. 2014년도에는 이틀간 10만 명이 다녀갔을 정도의 전국구 행사로 발돋움했다. 니가타 사케엑스포로 빗대어 말하면 이해가 쉽다.

개최일 매년 3월 중 **홈페이지** www.sakenojin.jp

다카한 료칸 高半旅館

니가타를 찾는 사람이라면 소설《설국》의 첫 구절 '국경의 긴 터널을 빠져 나오자 눈의 고장이었다. 밤의 밑바닥이 하얘졌다.'를 떠올리게 마련이다. 1934년 소설을 쓰기 위해 니가타의 에치고유자와 온천(越後湯沢温泉)을 찾은 가와바타 야스나리(川端康成)는 다카한 료칸에 머물면서 집필에 몰두한다. 《설국》은 무용평론가 시마무라가 휴양하기 위해 찾은 마을에서 만난 두 여인, 열정적인 성격의 게이샤 고마코와 순진하며 헌신적인 요코 사이의 삼각관계를 서정적으로 그려내고 있다. 가와바타는 이 소설로 1968년 일본인 최초로 노벨문학상을 받았으며 동시에 다카한 료칸은 명소가 되었다. 현재의 다카한 료칸은 증·개축으로 1930년대의 모습을 찾을 수 없다. 하지만 그가 묵었던 방과 기념관을 만들어 놓아 당시 가와바타의 일상과 집필의 흔적을 느낄 수 있다.

숙박비 2인 1실. 성인 1인 기준 10,000엔~(조식 및 석식 포함. 날짜 및 룸 타입에 따라 요금 상이) **찾아가는 법** JR 에치고유자와역(越後湯沢駅)에서 셔틀버스 운행(사전 연락) **주소** 니가타 현(新潟県) 미나미우오누마 군(南魚沼郡) 유자와 정(湯沢町) 유자와(湯沢) 923 **전화번호** 025-784-3333

〈130년 고택〉 동네에 그 집밖에 없는 목욕탕. 동네 사람들이 함께 사용했다

안에서 다른 가족이 이용하고 있으면 밖의 담장 주위에서 기다리면서

동네 사람들끼리 이야기를 나눴다

호텔후타바 ホテル双葉

에치고유자와(越後湯沢)는 약 800년의 역사를 자랑하는 온천지다. 니가타와 도쿄를 연결하는 미쿠니카이도(三国街道)가 에도시대 때 정비되면서 숙박지로 각광을 받기 시작했으며 현재는 겨울 스포츠의 저변 확대로 수많은 관광객들의 발길이 이어지고 있다. 28종류의 온천탕을 보유하고 있는 호텔후타바는 에치고유자와를 대표하는 숙박시설 중 하나다. 니가타 현은 일본에서 최초로 온천소믈리에 제도를 실시한 지역으로 전문가의 조언에 따라 28종류의 온천탕을 즐기는 것도 색다른 경험이다.

숙박비 2인 1실. 성인 1인 기준 13,000엔~(조식 및 석식 포함. 날짜 및 룸 타입에 따라 요금 상이) **찾아가는 법** JR 에치고유자와역(越後湯沢駅)에서 도보 10분 **주소** 니가타 현(新潟県) 미나미우오누마 군(南魚沼郡) 유자와 정(湯沢町) 유자와(湯沢) 419 **전화번호** 025-784-3357

조세이칸 風雅の宿 長生館

조세이칸이 위치한 무라스기 온천(村杉温泉) 지역은 일본에서도 그 수가 아주 적어 귀하다 여기는 라듐 성분의 온천이다. '마시는 온천', '코로 들이마시는 온천', '몸을 담그는 온천'이란 캐치프레이즈에서 알 수 있듯이 일반적인 입욕 이외에도 다양한 효과가 있는 것으로 알려져 있다. 실제로 이 지역은 장수 마을로 알려져 있으며 탁월한 온천의 효능 덕분에 의사가 나오지 않는다는 풍설이 전해진다. 원천수를 나눠 쓰는 8개의 료칸 중 조세이칸은 가장 크고 화려한 시설을 자랑한다. 특히 삼나무와 바위에 수북하게 내려앉은 눈을 감상하며 입욕할 수 있는 노천탕은 겨울철의 백미로 꼽힌다.

숙박비 2인 1실, 성인 1인 기준 10,500엔~(조식 및 석식 포함, 날짜 및 룸 타입에 따라 요금 상이) **찾아가는 법** JR 니가타역(新潟駅) 또는 스이바라역(水原駅)에서 셔틀버스 운행(사전 연락) **주소** 니가타 현(新潟県) 아가노 시(阿賀野市) 무라스기(村杉) 4632-8 **전화번호** 0250-66-2111

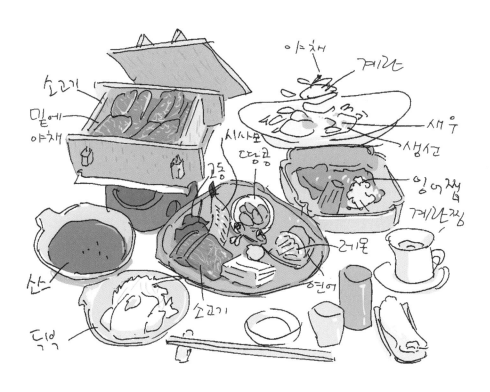

야채

계란

소고기

밑에
야채

새우

생선

시사모
당근

잉어찜

2층

계란찜

산

레몬

소고기

연어

두부

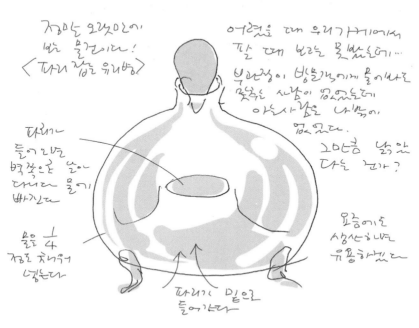

전복구이

당근

소스
(된장+버터)

풍고추

겨자

밥

새우

밥

은대구

간장

매실주

■ 눈이 많이 오는 니가타의 겨울 풍경

▶ 겨울철 니가타는 열차를 타고 이동
하는 것이 좋다.
▶▶ 신선한 해산물에 사케 한 잔이면
굿!

니가타 비행정보 (2016.05.13 기준)

니가타 현 관광정보: www.enjoyniigata.com/korean

대한항공(주 5회 운항)
인천→니가타) 월·화·수·금·일 18:35 출발, 20:30 도착
니가타→인천) 월·화·수·목·토 09:30 출발, 11:45 도착

우동의 본고장
가가와

세상에서 가장 맛있는
사누키 우동 순례

우리가 가가와에 간다고 했을 때 대개의 반응은 '일본에 그런 곳이 있었나?'라는 시큰둥한 표정이었다. 하지만 가가와를 사누키(讚岐)로 바꾸어 말했더니 너나 할 것 없이 '우동!'을 외치며 군침을 흘렸다. 비록 가가와에 가본 적이 없어도 사누키 우동은 손쉽게 접할 수 있으니 당연한 결과였다. 사누키  는 이미 사라진 옛 지명이지만 이렇게 우동 앞에서 빛을 발한다. 일본 전국구를 넘어 전 세계 우동 대명사로 통하는 사누키 우동의 저력은 가가와 사람들의 지극한 우동 사랑에서 비롯된다. '밥 배와 우동 배가 따 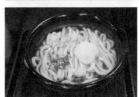 로 있다.'고 말하는 그들의 연간 우동 소비량은 개인당 230여 그릇으로 일본 내 1위다. 우동 생산량으로 따지면 6만 톤 정도이며 2위와 무려 3배 차이가 난다.

이런 우동 사랑이 가능했던 것은 전적으로 밀 재배에 적합한 이곳의 기후 때문이었다. 가가와 지역은 강수량이 적어 이미 에도시대부터 밀의 이모작 재배가 가능했다. 당시 백과사전 격인 《화한삼재도회(和漢三才図会)》(1713년)에 '밀에 관해서는 사누키국 마루가메에서 생산된 것이 최고'라고 언급된 것으로 보아 이미 면을 생산할 풍족한 토대를 갖추고 있던 셈이었다. 밀가루와 소금 그리고 물로만 면을 만드는 것은 다른 지역의 우동과 별반 차이가 없으나 특산품으로 유명한 국물멸치와 소금, 간장 등이 더해져 최고의 우동이 탄생했던 것이다. 여기에 당나라 유학생인 홍법대사 구카이(空海)의 전래 이야기가 전해져 신비로운 분위기를 물씬 풍기나 이것은 어디까지나 전설일 뿐 명확한 근거는 없다. 발로 밟는 족타제면, 우리의 칼국수와 비슷한 절삭면(切削麵) 그리고 숙성 등의 섬세한 기술이 합쳐지며 재료의 맛을 극상으로 이끌어내니 '우동 왕국'의 탄생은 자연스런 귀결이다. 그리하여 사람들은 이 특별한 우동을 먹으러 간다 말하지 않고 '순례를 떠난다'라고 표현한다.

순례에 앞서 한 가지 짚고 넘어가자면 사누키 우동이 세상에 알려진 것은 1980년대 후반 세토대교(瀬戸大橋)의 완공으로 본토와 왕래가 용이해진 시점부터였다. 그 이전까지는 가가와만의 우동이었으나 각종 미디어와 유명 작가들의 방문이 이어지면서 전국에 사누키 우동 붐이 일어났다. 우동 순례는 대개 현청 소재지인 다카마쓰(高松)에서 출발해서 마루가메(丸亀)에서 끝을

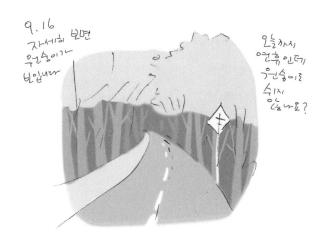

맺는다. 현지인들은 단골집을 찾아, 관광객들은 각종 투어 프로그램과 자가 이동으로 우동 그릇을 비우기 바쁘다. 가가와 현에 영업 중인 우동 전문점만 800여 개에 달하므로 모두 다 먹는 데 꼬박 2년이 걸리는 셈이니 이곳 주민들도 관광객들의 극성을 이해한다는 분위기다. 한 번에 서너 곳을 도는 일정을 소화하려면 한두 그릇 비우고 나서 근처의 공원에서 산책을 한 후 다른 우동집을 방문하는 것이 일반적인 순서다. 유명한 가게는 대기줄이 길기 때문에 인내심이 필요하다.

이곳 우동 전문점 중에는 셀프 서비스가 많다. 샐러드바처럼 진열되어 있는 고명을 선택하고 면을 삶아 담은 후 쓰유(つゆ)나 육수를 선택하고 결제하는 방식이다. 참고로 빈 좌석이 보이면 옆자리 신경 쓸 것 없이 곧바로 앉아 우동을 먹으면 된다.

무라카미 하루키도 반한 면의 탄력

우동 순례에 동참하여 맛을 본 결과 사누키 우동의 가장 큰 장점이자 특징은 면의 탄력이다. 우리는 치아가 살짝 튕겨져 나올 정도의 탄력을 좋아하지만 사누키 우동 면의 탄력은 지그시 눌러 끊어 먹는 정도다. 즉 부드럽게 눌리지만 살짝 탄력을 느낀 후 끊어진다는 뜻이다. 일본인들에게 우동 국물은 중요한 요소가 아니므로 사누키 우동이 유명해지는 데에는 오묘한 면의 탄력이 결정적인 역할을 한 셈이다.

"고작 면의 탄력?"이라 반문할 수 있지만 무라카미 하루키도 2박 3일 동안 우동만 먹으면서 이 면의 탄력에 '무릎을 탁 쳤다.'고 했다. 한마디로 각고의 노력과 경험이 아니면 쉽게 도달할 수 없으리라.

한 가지 재미있는 사실은 일본에서 우동 좀 먹는다는 사람들은 사누키 우동의 목 넘김이 좋다고 극찬한다. 일본말로 노도고시(喉越し)라고 하는데 일본인들은 면을 씹지 않고 꿀떡꿀떡 목으로 넘기는 것이다. 어떤 이는 쾌감을 수반하는 감동이라고 표현한다. 그들의 경지가 부럽지는 않으나 아직 가봐야 할 우동집이 790곳 정도 남았다고 생각하니 한 번쯤 시도하고 싶은 욕구가 샘솟았다. 이 정도 생소함은 세상에서 가장 맛있는 순례에 아무런 제약이 되지 않는다.

우동의 종류

우동의 본고장답게 일본의 우동 종류는 실로 다양하다. 국내에서도 일본 우동 전문점이 속속 생기면서 정통 일본 우동의 맛을 즐길 기회가 늘어났다. 메뉴 역시 전문점답게 다양화를 꾀하고 있다. 몇 가지 대표메뉴만 숙지한다면 골라 먹는 재미를 만끽할 수 있다.

1.가케 우동(かけうどん)

다시마와 가쓰오부시 또는 멸치 등을 넣고 우린 육수에 삶은 면을 넣어 먹는 가장 기본이 되는 우동이다. 굴, 미역, 닭고기, 소고기,

돼지고기, 스지 등 고명에 따라 이름이 각기 다르다.

①기쓰네 우동(きつねうどん): 유부 우동

②덴푸라 우동(天ぷらうどん): 튀김 우동

③다누키 우동(たぬきうどん): 튀김 부스러기가 고명

으로 올라간 우동

④니쿠 우동(肉うどん): 닭고기, 소고기 등 육류가 고명으로 올라간 우동

⑤돈코쓰 우동(とんこつうどん): 돈가스를 고명으로 올린 우동

⑥니신 우동(にしんうどん): 양념에 절인 청어를 고명으로 올린 우동

2.붓카케 우동(ぶっかけうどん)

삶은 면에 육수를 조금 끼얹어 먹는 우동. 가케 우동처럼 고명에 따라 이름이 다르다.

3.자루 우동(ざるうどん)

삶은 면을 찬물에 헹군 후 판에 놓고 쓰유에 찍어 먹는 우동이다. 소바를 생각하면 이해가 쉽다.

4.가마아게 우동(釜揚げうどん)

따로 준비해놓은 육수 없이, 면과 면 삶은 물을 함께 그릇에 담는 우동. 뜨거운 면을 쓰유에 찍어 먹는다.

5.히야시 우동(冷やしうどん)

차가운 우동. 자루 우동이 여기에 속하며 얼음을 갈아 냉면처럼 내놓기도 한다.

6.야키 우동(焼うどん)

고기와 채소를 넣고 면과 함께 볶아 만든 우동.

7.나베 우동(鍋うどん)

냄비 우동보다는 전골에 더 가깝다. 개인 그릇에 면을 건져 먹는 우동이다.

8.카레 우동(カレーうどん)

일본식 카레와 면이 결합된 우동. 돈가스가 고명으로 올라가기도 한다.

9.크림 우동(クリームうどん)

파스타의 크림소스류를 이용한 우동.

먹 을 거 리

*사누키 삼백*讚岐三白

에도시대 중기 이후 가가와 현에서는 면, 소금, 설탕, 이 3가지를 일컬어 사누키 삼백이라 칭했다. 소금산업은 제2차 세계대전 이후 사양길에 접어들었으나 설탕과면은 아직도 그 명맥을 유지하고 있다.

1. 와산본(和三盆)

와산본은 정제 과정을 3번 거친 일본의 최고급 설탕이다. 밀가루로 오해할 정도로 입자가 곱고 균일하다.

이 설탕 가루를 물로 반죽한 후 다식판과 비슷하게 생긴 틀에 누르면 과자가 완성되는데 이 역시 와산본이라고 부른다. 벚꽃과 단풍, 이삭 등의 틀 모양은 앙증맞은 크기의 와산본에 색다른 멋을 부여한다. 쌉싸름한 말차(抹茶)와 함께 먹거나 간식으로도 좋다. 와산

본 틀을 만드는 곳을 방문하면 체험이 가능하다.

마메하나豆花

체험 프로그램 와산본 만기 체험 1인당 1,000엔 **영업시간** 10:00~17:00 / 매주 목요일 휴무 **찾아가는 법** 나가오선(長尾線) 하나조노역(花園駅)에서 도보 5분. JR 리쓰린역(栗林駅)에서 도보 10분 **주소** 가가와 현(香川県) 다카마쓰 시(高松市) 하나조노 정(花園町) 1-9-13 **전화번호** 087-831-3712

유한회사 이치하라有限会社市原

체험 프로그램 와산본 틀 만들기 체험 1인당 1,500엔(7일 전 예약 필수) **주소** 가가와 현(香川県) 다카마쓰 시(高松市) 하나조노 정(花園町) 1-7-30 **전화번호** 087-831-3712

2. 면

①나카노 우동 학교

사누키 우동의 비밀을 간접적으로 체험할 수 있는 학교다. 한 시간 동안의 체험은 '반죽 만들기→반죽 밟기→면 만들기' 순서로 진행되며 각국의 유행가에 맞춰 족타(足打)를 경험하는 반죽 밟기가 체험의 하이라이트다. 이후 면을 만들고 시식을 마치고 나면 교장 선생님이 졸업증서와 함께 면대를 선물로 준다. 유명인들의 방문 흔적도 벽면을 빼곡히 채우고 있는데 그 중 데즈카 오사무(手塚治虫)의 '우동 먹는 아톰'이 눈에 띈다. 이곳은 사설기관이지만 세계 각국의 TV프로그램에 소개되었으며 연간 8만 명의 졸업생을 배출하는 명실상부한 관광객 필수 코스로 자리잡았다.

운영시간 09:00~17:00 / 연중무휴 **체험 프로그램** 우동 수타 체험 1,500엔~ **고토히라점**(琴平校): 가가와 현(香川県) 나카타도 군(仲多度郡) 고토히라 정(琴平町) 796 **전화번호** 0877-75-0001 **다카마쓰점**(高松校) : 가가와 현(香川県) 다카마쓰 시(高松市) 나리아이 정(成合町) 8 **전화번호** 087-885-3200

② 데노베 소면(手延素麺)

쇼도시마(小豆島)는 데노베 소면으로 유명한 섬이다. 데노베는 수연이란 뜻으로 길게 늘어뜨린다는 의미를 지닌다. 섬에 자리잡은 쟁쟁한 소면 공장 중 나카부안 (なかぶ庵)은 400년 역사를 자랑하는 공장으로《아빠는 요리사》라는 일본 음식 만화에도 소개됐다.

소면을 만드는 공정은 단순하다. 밀가루에 식염수를 부어 반죽하고, 7시간 저온 숙성시킨 후에 잘 치대어 면을 뽑아내면 된다. 기계를 이용해 만든 직경 4cm의 가래떡 같은 반죽을 손과 북채 같은 도구를 사용해 1mm 굵기까지 뽑아내는 과정은 숙련된 기술을 요한다. 데노베 소면을 가장 맛있게 먹는 방법은 삶아 쓰유에 찍어 먹는 것이다. 얇은 굵기의 소면들이 선사하는 탄력과 쫄깃함은 가히 입 안에서 느낄 수 있는 최대치의 즐거움이라 할 만하다. 면이 살아 움직인다 해도 과하지 않은 맛이다.

나카부안 なかぶ庵

운영시간 08:00〜18:30 / 매주 월요일 휴무 **체험 프로그램** 소면 만들기 및 공장견학, 시식 코스 1,100엔 / 소면 만들기 및 공장견학 코스 600 엔 / 공장견학 300엔(예약 필수) **주소** 가가와 현(香川県) 쇼즈 군(小豆郡) 쇼도시마 정(小豆島町) 야스다카부토(安田甲) 1385 **전화번호** 0879-82-3669

우동투어

사누키 우동의 본고장 가가와에는 동네마다 우동집들이 몰려 있다. 이 우동집들을 효과적으로 돌아볼 수 있도록 다양한 교통편과 프로그램이 마련되어 있다. 택시를 대절하는 것도 하나의 방법이다.

※우동버스

업체명 KOTOSAN BUS **영업일** 매일 운행 **코스정보** 1인당 요금 기준 ❶평일 반나절 코스(오전/오후) 성인 800엔, 초등학생 400엔 / 1일 코스 성인 1,400엔, 초등학생 700엔 ❷주말 및 공휴일 성인 1,000엔, 초등학생 500엔 **전화번호** 087-851-3155 **홈페이지** www.kotosan.co.jp/sp

※우동택시

영업일 매일 운행 **코스정보** 중형 택시 1대 요금 기준 1시간 코스 4,700 엔, 1시간 30분 코스 7,050엔, 2시간 코스 9,400엔 **전화번호** 087-773-2221 **홈페이지** www.udon-taxi.com

마루킨간장 기념관 マルキン醤油記念館

쇼도시마 간장의 역사는 400여 년 전으로 거슬러 올라간다. 당시 주민들이 섬으로 들여온 콩을 간장으로 제조했다. 진한 향과 맛을 지닌 이곳의 간장은 다른 지역에 비해 2~3배 높은 가격으로 거래가 이루어졌다고 한다. 시간이 지날수록 간장의 명성은 더욱 높아졌고 올리브와 소면과 더불어 쇼도시마를 대표하는 명물로 자리잡았다. 현재 20여 곳의 간장 공장이 성업 중이며 그중 1907년 창업한 마루킨간장이 가장 유명하다.

마루킨 간장공장 박물관

4백년 동안
이곳은 한번도
창고 한적이
없습니다

앗!
그래서 간장이
짜았군요!

80주년을 맞아 옛날 간장 창고를 개조한 마루킨간장 기념관에서는 통로를 따라 이동하면서 쇼도시마 간장 산업의 역사를 비롯해서 전통적인 간장 제조 공정 등을 관람할 수 있다. 통로 마지막에는 간장 전문 쇼핑몰이 자리잡고 있어 마루킨의 다양한 간장 상품을 구매할 수 있다. 특히 간장 아이스크림은 방문객들의 호기심을 자극한다.

운영시간 09:00～16:30(시즌별로 마감시간 상이) / 10월 15일 및 12월 27일～1월 1일 휴무 **입장료** 성인 210엔, 소인 100엔 **찾아가는 법** 쇼도지마 버스 사카테선(坂手線) 마루킨마에(丸金前) 정류장 하차 **주소** 가가와 현(香川縣) 쇼즈 군(小豆郡) 쇼도시마 정(小豆島町) 노마카부토(苗羽甲) 1850 **전화번호** 0879-82-0047

올리브

쇼도시마의 상징은 올리브다. 적합한 기후와 지형에서 자란 쇼도시마의 올리브는 해외 유명 올리브와 비교해도 밀리지 않는 품질을 자랑한다.

1989년 쇼도시마는 그리스 에게해의 미로스섬과 자매결연을 맺으면서 올리브 공원은 그리스풍으로 조성되었다. 공원 내에서는 일본 올리브의 발상지답게 다양한 올리브 제품을 만날 수 있다. 올리브를 먹여 키운 소고기도 판매하고 있다.

쇼도시마 올리브 공원小豆島オリーブ公園

입장료 무료 **운영시간** 08:30~17:00 / 연중무휴 **찾아가는 법** 쇼도지마 버스 사카테선(坂手線) 오리브코엔구치 (オリーブ公園口) 정류장 하차 **주소** 가가와 현(香川県) 쇼즈 군(小豆郡) 쇼도시마 정(小豆島町) 니시무라카부토(西村甲) 1941-1 **전화번호** 0879-82-2200

호네쓰키도리骨付鳥

닭다리를 통째로 스파이스 소스를 발라 천천히 구워낸 가가와의 명물 요리. 껍질이 바삭하고 고소하며 맥주와 최상의 궁합을 자랑한다. 일본에서는 닭다리를 통째로 요리하는 것이 드문 관계로 그 모양만으로도 특별 대접을 받고 있다. 마루가메 시 (丸亀市)가 발상지다.

나오시마 카도야_{直島角屋}

가가와 앞바다 세토내해(瀬戸内海)에 자리잡고 있는 100여 개의 섬 중 가장 유명한 섬이 나오시마다. 나오시마 역시 가가와 현에 속한 다른 섬들과 마찬가지로 어업을 위주로 생계를 꾸려가는 평범한 섬이었으나 20여 년 전 베넷세 그룹이 섬의 땅을 매입하기 시작하면서 변화가 시작됐다. 미술관과 예술작품을 통해 자연과 동화하려는 베넷세 그룹의 의지와 섬 주민의 헌신이 이뤄낸 나오시마의 변화는 기적이라고 불리고 있다. 지중해를 연상케 하는 푸른 바다를 배경으로 섬 곳곳에 들어선 미술관들과 컬렉션들은 나오시마가 '현대미술의 성지'로 추앙받기에 부족함이 없다.

일본의 세계적인 건축가 안도 다다오가 설계한 지추미술관(地中美術館)은 미술관

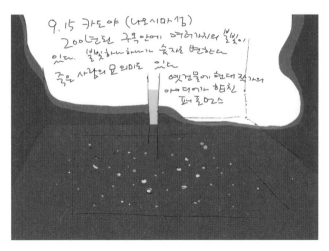

전체 공간이 모두 지하에 지어진 자연친화적 전시장으로 나오시마의 대표 아이콘이다. 또 한 해 40만 명이 찾는 이우환미술관 역시 건축물 자체가 작품으로 대접받고 있다. 이외에도 나오시마의 고가(古家)를 작품으로 개조한 집 프로젝트, 미술관과 호텔이 일체가 된 베넷세하우스뮤지엄 등이 대표적인 볼거리다. 선착장 주변의 나오시마센토(直島銭湯)와 섬에서 유일하게 촬영이 허가된 구사마 야요이(草間彌生)

의 작품 '펌프킨'을 놓칠 수 없다. 섬 곳곳에 자리잡고 있는 미술관들을 관람하려면 베넷세에서 운영하는 셔틀버스를 이용하는 것이 가장 효율적이다. 단, 건물 외관이나 내부 사진은 찍을 수 없다.

나오시마 페리

운항시간 www.shikokukisen.com/instant
전화번호 087-821-5100
❶우노항(宇野港) ↔ **미야노우라항**(宮浦港)
요금 성인 편도 290엔, 성인 왕복 560엔, 어린이 편도 150엔
소요시간 약 15~20분
❷다카마쓰항(高松港) ↔ **미야노우라항**(宮浦港)
요금 일반페리- 성인 편도 520엔, 성인 왕복 990엔, 어린이 편도 260엔 / 고속페리- 성인 편도 1,220엔, 어린이 편도 610엔
소요시간 일반페리 약 50~60분, 고속페리 약 25분

고토히라궁 金刀比羅宮

바다의 신인 '사누키노콘피라상'을 모시는 고토히라 신사의 총본산이다. 코끼리 모양의 산 중턱에 자리잡고 있어 궁에 오르려면 수고를 감내해야 한다. 참배길의 긴 돌계단은 본전까지 785계단, 본전보다 더 깊이 있는 전당까지는 583계단을 더해 총 1368계단을 오롯이 두 발에 의지해 올라야 한다. 처음에는 참배객들의 가쁜 숨소리가 여기저기서 들려오지만 차근차근 오르다 보면 어느 순간 근심과 번민이 사라지고 평온함을 느끼게 된다. 산 정상에서 만나는 거대한 신사 건물도 예술이지만 그곳에서 바라보는 전망 또한 놓치기 아깝다. 신사를 둘러싼 수백 년 수령의 나무들이 신비로움을 더한다.

운영시간 고혼구(御本宮) 06:00~17:00/17:30/18:00(시즌별로 폐관시간 상이) / 오쿠샤(奧社) 08:00~17:00 **찾아가는 법** JR 고토히라역(琴平駅)에서 도보 15분 **주소** 가가와 현(香川県) 나카타도 군(仲多度郡) 고토히라 정(琴平町) 892-1 **전화번호** 0877-75-2121

리쓰린 공원栗林公園

1600년대 에도시대 초기에 사누키 지방의 영주였던 이코마 다카토시(生駒高俊)에 의해 건축된 별장 겸 정원으로 5대 100여 년에 걸친 개보수를 통해 현재의 모습을 완성했다. 22만 평의 넓은 부지에 꾸며 놓은 소나무와 단풍나무 그리고 각종 꽃들은 마치 아기자기한 분재를 연상케 할 정도로 정교하고 화려하다. 원래는 밤나무 숲이었으나 현재는 1,400여 그루의 '흑송'이 공원을 대표하고 있다. 공원 중앙의 호수에서는 그 옛날 영주처럼 나룻배를 타며 풍류를 즐길 수 있고 전통 가옥에서는 다도체험이 가능하다. 약 22만 평의 규모를 자랑하는 리쓰린 공원은 가가와 현이 속한 시코쿠에서 특별 명승지로 지정된 유일한 정원이다.

운영시간 05:30~19:00(매월 개장 및 폐장시간 상이) / 연중무휴 **입장료** 성인 410엔, 어린이 170엔 **찾아가는 법** JR 리쓰린코엔키타구치역(栗林公園北口駅)에서 도보 3분 **주소:** 가가와 현(香川県) 다카마쓰 시(高松市) 리쓰린 정(栗林町) 1-20-16 **전화번호** 087-833-7411

야시마 산조 屋島山上

1180년부터 6년간 발발했던 '겐페이 갓센(源平合戰)'의 격전지로 알려진 지붕 모양의 용암지대. '겐페이갓센'은 당시 유력한 두 무사 가문이었던 미나모토 씨(源氏) 가문과 다이라 씨(平氏) 가문의 전례가 없었던 총력전으로 2명씩 팀을 이뤄 당구를 치는 '겐페이'의 어원이기도 하다. 정상 전망대에 오르면 세토내해(瀨戸内海)와 다카마쓰(高松) 시가지 그리고 다도해의 아름다움을 한눈에 조망할 수 있다.

찾아가는 법 JR 야시마역(屋島駅)에서 셔틀버스(100엔) 이용 **주소** 가가와 현(香川県) 다카마쓰 시(高松市) 야시마 산조(屋島山上) **전화번호** 087-841-9443 **홈페이지** www.yashima-navi.jp

국립공원 간카케이 寒霞渓

200만 년의 세월이 만들어낸 일본 굴지의 계곡미가 압권이다. 일본 3대 계곡의 하나로 세토내해국립공원을 대표하는 경승지이기도 하다. 트레킹 코스를 따라 계곡 깊숙이 들어가는 것도 좋지만 시간이 없다면 계곡 전체와 세토내해를 바라볼 수 있는 로프웨이를 추천한다.

로프웨이

운행시간 08:30~17:00(3월 21일~10월 20일, 12월 1일~12월 20일), 08:00~17:00(10월 21일~11월 30일), 08:30~16:30(12월 21일~3월 20일) / 연중무휴 **소요시간** 약 5분(매시 12분 간격으로 운행) **요금** 성인 편도 750엔, 성인 왕복 1,350엔 / 초등학생 편도 380엔, 왕복 680엔

엔젤로드 エンジェルロード

진도 앞바다 정도의 규모는 아니지만 1일 2회 간조 시간에 바다가 갈라지며 나타나는 모랫길이다. 소중한 사람과 손을 잡고 그 길을 건너면 갯벌 중앙에서 천사가 내려와 소원을 들어준다고 하여 연인의 성지로 유명하다.

운영시간 09:00~17:00(간조 시간에 따라 다소 변경) **찾아가는 법** 노선버스 니시우라선(西浦線) 고쿠사이호테루마에(国際ホテル前) 정류장 하차 **주소** 가가와 현(香川縣) 쇼즈 군(小豆郡) 도노쇼 정(土庄町) 긴파우라(銀波浦) **전화번호** 0879-62-2009 **엔젤로드 물 때 시간정보** www.town.tonosho.kagawa.jp/kanko/tnks/info38

엔젤로드 에서
쭈구라고 앉은
언젤하늘 여인

↙ 정와

구 곤피라오시바이 旧金毘羅大芝居

1835년 지어진 일본에서 가장 오래된 가부키 극장으로 현재는 가나마루자(金丸座)라고 불린다. 1970년 국가중요문화재로 지정된 건물로 에도시대 극장의 시설과 분위기를 고스란히 간직하고 있다.

운영시간 09:00~17:00 / 연중무휴(단, 공연 시 휴관인 경우도 있음) **입장료** 성인 500엔, 중·고등학생 300엔, 어린이 200엔 ※공연 관람료는 작품 및 좌석에 따라 상이 **찾아가는 법** JR 고토히라역(琴平駅)에서 도보 20분 **주소** 가가와 현(香川県) 나카타도 군(仲多度郡) 고토히라 정(琴平町) 오쓰(乙) 1241 **전화번호** 087-773-3846

〈 가부키 극장입구 낮은이유 〉

관람료를
적게 내는
들의 오는
서민전용
문
↙

없는것으로
서러 완제

부자들 출입문은
따로 있다

곤피라 온천こんぴら温泉郷

고토히라에 위치한 온천마을로 신경통, 근육통, 관절통에 효과가 있는 양질의 온천수가 유명하다. 고토히라궁을 찾는 순례객과 관광객 덕분에 연중 내내 붐빈다. 고토산카쿠(琴参閣) 료칸을 추천한다.

고토산카쿠 료칸

숙박비 2인 1실, 성인 1인 기준 11,000엔~(조식 및 석식 포함, 날짜 및 룸 타입에 따라 요금 상이) **찾아가는 법** JR 고토히라역(琴平駅)에서 도보 5분 또는 무료 셔틀버스(사전 예약) **주소** 가가와 현(香川県) 나카타도 군(仲多度郡) 고토히라 정(琴平町) 685-11 **전화번호** 0877-75-1000

 가가와 비행정보 (2016.05.13 기준)

가가와 현 관광정보: www.my-kagawa.jp/kr/

아시아나항공(주 3회 운항)
인천→다카마쓰) 화·일 14:50 출발, 16:25 도착 / 금 08:30 출발, 10:05 도착
다카마쓰→인천) 화·일 17:25 출발, 19:05 도착 / 금 11:05 출발, 12:45 도착

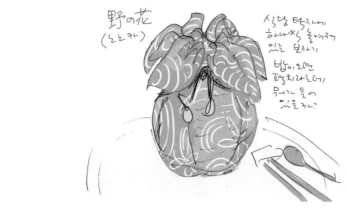

野の花
(노노카)

식당 턱자리에
하나씩 놓여져
있는 본자기

밥이라면
펼치라는데
우리는 들의
이름으로?

치마를 내려자
또 그릇이
겹쳐 있다

3층찬합에 반찬이 있다!

밥

엄숙하고 비장하고
정성스런 차 대접

차를 만들고 선물하는
긴 과정을 바탕으로써
최상의 대접을 하는것이다

막북때 지방유지를 불러놓고
기 죽이려고 이렇게
시간을 오래끌어
복종하게 만들었다
는 얘기도 있다

으윽!
숨막혀!

미식의 도시
사가

먹 을 거 리

소문난 잔치에 먹을 것도 많다.
가라쓰쿤치唐津くんち 요리

'마쓰리(祭り, 축제)'의 나라 일본답게 비가 오는 날임
에도 사람들은 축제의 한 부분으로 남기 위해 아무
런 동요 없이 거리를 가득 메우고 있었다. 사가 현은
일본에서 세 번째로 작은 현임에도 불구하고 가라쓰
쿤치의 열기만큼은 여느 대규모 마쓰리와 비교해도
손색이 없었다. 약 50만 명의 인파로 붐비는 가라쓰
쿤치는 가라쓰 신사의 가을 축제로 17세기 초부터 이
어져 오고 있으며, 중요민속무형문화재로 지정되어
있다. 저마다의 개성과 특색을 갖춘 14대의 수레가
가마꾼들의 우렁찬 구호와 함께 차례대로 출발하자
축제의 분위기는 최고조에 달했다. 일사불란하게 움

직이는 화려한 행렬과 사람들의 뜨거운 열기는 폭우로 변한 빗줄기도 무색하게 만들었다. 당초 간단한 현장 스케치만 하고 돌아가겠다는 판단은 오판이었다. 마지막 가마의 퇴장과 함께 마쓰리는 끝이 났으나 벚꽃놀이와 같은 강렬한 여운은 여전히 우리의 마음을 흔들었다. 우산을 편 관람객들이 썰물처럼 빠져나간 텅 빈 거리. 비로소 맛있는 음식 냄새가 허기를 자극했다.

생맥주와 꼬치구이로 간단한 요기를 하려던 찰나 축제 관계자가 '쿤치요리'를 제안했다. '쿤치요리'란 가라쓰쿤치 기간에만 먹을 수 있는 요리로, 음식점에서 팔긴 하지만 제대로 즐기기 위해선 가정집을 방문해야 한다며 지인의 집으로 우리를 안내했다. 부모가 자식의 집을 방문할 때도 전화를 걸어 의사를 확인한다는 일본인지

라 발걸음이 무거울 수밖에 없었다. 불편한 기색을 눈치챘는지 그는 '쿤치요리'의 쿤치는 '큰잔치'라는 한국말에서 유래했다는 점을 강조하며 우리를 안심시켰다. 오늘의 갑작스러운 방문은 수백 년을 이어온 전통으로 한국의 잔치 분위기와 별반 다를 것이 없다는 뜻이었다. 보통 일본에서 회자되는 한국 유래설은 부풀려진 경우가 많으나 당시 상황을 고려해보면 한국의 영향을 무시하지 못했을 것이다. 가라쓰의 한자, 당진(唐津)을 보면 쿤치가 큰 잔치에서 유래했다는 그의 말이 허무맹랑한 것이 아님을 알 수 있다. 한국의 당

진과 똑같은 한자를 쓰는 것으로 보아 당나라와 해상교역이 활발했던 지역임과 동시에 한국과는 최단 거리의 해상노선이었다는 지정학적 의미를 내포하고 있다.

주택가로 접어들자 삼삼오오 짝을 지어 이 집 저 집 자유롭게 드나드는 사람들이 눈에 띄었다. 지금까지 알고 있던 일본과는 다른, 여러모로 낯선 광경이었다. 축제 관계자의 말처럼 초대받지 않은 방문임에도 주인은 우리를 따뜻하게 맞아주었다. 거실에 거하게 차려진 쿤치요리는 우리의 긴장감을 녹이기에 충분했다. 독상이 아닌 우리의 한정식과 같은 한상차림으로 누구나 참여하고 즐길 수 있는 축제의 현장에 합당한 열린 상차림에 사뭇 놀랐다. 쿤치요리란 특정 요리를 지목하는 것이 아니라 잔칫상을 의미했던 것이다.

'3일 동안 먹을 잔치 요리에 3개월치 식량을 소비한다.'는 농담이 진담처럼 들리는 상차림 앞에서 허기진 배가 신호를 보내왔다. 특히 상 중앙에 놓여진 '다금바리 찜'이 눈에 띄었다. 종류나 가짓수에 대한 규칙은 없으나 가라쓰 주민이라면 반드시 잔치상에 올린다는 다금바리가 '쿤치요리'의 주인공임을 단박에 눈치챘다. 다금바리는 일본어로 '아라(アラ)'라고 하며 후쿠오카 현과 사가 현 앞바다에서 잡힌 것을 최고로 친다. 가격 역시 고가에 형성된다. 잔치요리에 최고의 식재료를 사용하는 것은 당연지사다. 안타깝게도 국내 해역에서는 다금바리가 자취를 감춘 지 오래되었으며 국내에서 다금바리라고 거래되는 것은 십중팔구 자바리다.

대형어에 속하는 다금바리를 통째로 구워 간장, 맛술, 설탕 등의 양념으로 졸여 맛을 응축한 찜은 살점의 단단함과 옹골참이 젓가락을 통해 손에 전달될 정도였다. 다금바리찜의 맛은 이 세

상 모든 생선의 장점만을 모아놓은 듯 환상적이었다. 다음 손님을 위해 조금만 남겨달라는 주인의 애교 섞인 부탁을 들고 나서야 겨우 젓가락질을 멈출 수 있었다. 덕분에 주민과 이방인은 동시에 실소를 터뜨렸고 그렇게 먹고 마시고 웃고 떠들다 보니 어느새 축제의 뒤풀이가 무르익어갔다.

'가라쓰쿤치'의 뜨거운 현장을 그대로 옮겨놓은 듯 어둠이 어슴푸레 내린 골목 사이사이로 사람들의 흥이 피어났고 잔치의 진짜 주인공은 다금바리가 아닌 사람과 분위기라는 것을 깨달았다. 일본이라고 해서 별반 다를 것이 있나. 잔치 음식은 역시 나눠 먹어야 제맛 아니겠는가.

가라쓰쿤치 唐津くんち

개최일 매년 11월 2~4일 **개최장소** 가라쓰 시 시내 **찾아가는 법** JR 가라쓰역(唐津駅)에서 하차 **홈페이지** www.karatsu-kankou.jp/feature

도자기의 산지, 아리타

사가 현은 일본의 3대 도자기의 하나인 아리타야키(有田燒)를 품고 있다. 아리타는 마을 이름이고 야키는 도자기를 뜻한다. 그러니까 우리로 따지면 이천 도자기와 같은 명칭이다. 사가 현이 이렇게 수준 높은 도자기를 생산할 수 있었던 비결은 임진왜란 당시 조선의 도자기공들이 첫발을 내디딘 땅이 바로 사가 현이었기 때문이다. 이후 도자기공들은 각 성의 전리품이 되어 일본 전역으로 뿔뿔이 흩어졌다. 사가 현에 남은 이삼평(李参平)이란 도자기공이 흙을 찾아 정착한 곳

아리타 町
1614년에
장남의 아들
백자를 굽기
시작 하고
가고시마의
심수관씨
같이 도자기로
역사를 이루었다
이곳에서 흙을
찾아 1616년
백자 도자기를
만들기 시작
했다.
현재 14대
후손이 가마를
유지하고 있다

〈도자기 조상
이삼평기념비〉

이 지금의 아리타 마을이다. 이곳에서 이삼평은
고향을 그리워하며 도자기를 굽다가 생을 마감했
다. 그러나 그의 도자기에 대한 기술과 열정은 후
대에 이어졌고 후예들의 도자기는 일본의 산업과
식문화를 발전시켰다. 도자기 강국으로의 토대를
마련한 셈이다. 아리타를 굽어보는 산 위에는 이
삼평을 기리는 신사와 함께 '도조(陶祖)'라는 글씨
가 선명한 기념탑이 세워져 있다. 살아서 고향을
그리워하던 이삼평은 결국 먼 타국에서 신이 되
었던 것이다.

가라쓰야키(唐津燒)의 명성도 아리타
야키 못지않다. 가라쓰야키는 나카자
토(中里) 가문에서 시작됐으며 현재는
14대에 걸쳐 도자가문의 맥을 잇고 있
다. 아리타야키와 관련이 깊은 나카자
토 가문 역시 조선도자를 뿌리로 두고
있다. 비록 우리 도자기공에서 출발했
으나 현재의 아리타야키와 가라쓰야키는 당당히 일본
도자기로 불리며 전 세계 선망의 대상이 되고 있다.
우리의 도자기 현실을 돌아보면 쓸쓸함이 몰려오나
엄연한 사실이요, 안타까운 현실이다.

삼나무에 둘러쌓인방에서 아침을 맞았다.
금주 2일째. 잘버티고 있다

쿠아 쿠아

↑봉주

〈허영만 머리 오징어머리〉

동족을 먹는
기분

이쁘고
먹음직한 구성
이며   눈은 원망스러운듯
        나를 쏘아보고 있다

또 다른 먹을거리

1.오징어회(呼子 イカ活き造り)

가라쓰에서 먹어봐야 할 단 하나의 음식을 꼽으라
면 단연코 오징어 활어회다. 사가 현 인근 바다는 오
징어 서식에 최적의 조건을 갖추고 있는 만큼 그 맛은
두말하면 잔소리다. 이런 최고의 별미가 집결하는 곳
이 바로 가라쓰 요부코(呼子)다.

요부코의 오징어 활어회는 반투명의 선명한 육질
과 쫄깃한 식감 그리고 향긋한 향이 일품 중 일품이
다. 오징어회는 씹는 맛과 초장 맛으로 먹는다는 기존

의 선입견을 단박에 허물어버린다. 여기에 오징어 다리로 만든 튀김과 오징어 슈마이(いかしゅうまい, 일종의 찐만두)는 회만으로는 허전한 배를 든든하게 채우기에 부족함이 없다. 다만 활어회라고 하나 접시에 담은 모양새가 마치 오징어가 살아 움직이는 듯한 착각을 불러일으키니 비위가 약한 사람들은 주의를 요한다.

사이코테이歲香亭

대표메뉴 오징어 활어회 정식 2,950엔~ 오징어 활어회 1,800엔 **영업시간** 11:00~18:00 **주소** 사가 현(佐賀県) 가라쓰 시(唐津市) 요부코 정(呼子町) 가지시마(加部島) 3668-6 **전화번호** 0955-82-1818

2.가와시마 두부(川島豆腐)

가와시마 두부 하면 자루 두부, 자루 두부 하면 가와시마 두부가 연상된다. 여기서 자루는 대나무를 엮어 만든 소쿠리를 가리킨다. 이 소쿠리에 덜 굳은 두부를 올려놓고 틈으로 물기가 빠지기를 기다리면 드디어 적당한 탄력을 지닌 두부가 완성

된다. 자루 두부는 '물에 담아두지 않는 두부를 만들고 싶다.'는 발상에서 시작했다고 한다.

가와시마 두부는 모두부와 순두부의 중간 정도 형태라 생각하면 이해가 쉽다. 주걱으로 퍼서 개인 그릇에 담아 먹는다. 야들야들한 탄력과 녹아내릴 것 같은 부드러운 식감 그리고 입안을 가득 채우는 풍성한 풍미는 두부의 진면목을 고스란히 느끼게 해준다.

메인은 자루 두부이며 이 외에 두부

튀김과 푸딩 그리고 참깨 두부도 가라쓰
도자기에 담겨 함께 제공된다.

가와시마 두부점 川島豆腐店

대표메뉴 자루 두부 코스 1,500〜2,500엔 **영업시간**
08:00〜17:00 / 매주 일요일 휴무 **식사제공** 08:00,
10:00, 12:00, 14:00(예약 필수) ※디너 별도 운영
17:30〜21:00 **찾아가는 법** JR 가라쓰역(唐津駅)에서 도
보 3분 **주소** 사가 현(佐賀県) 가라쓰 시(唐津市) 교 정(京町)
1775 **전화번호** 0120-72-2423

오! 일본푸딩
맛있지이~!
(승하)

무근트!ㅡ
(효리)

이거이 마지막이에요.
사이료 데스
사이라 사이료데스!
(마지막) (효리)

3.보탄나베(ぼたん鍋)

멧돼지고기 전골요리로 보탄은 모란
꽃을 가리키는 일본어다. 모란이란 이
름이 붙은 것은 얇게 포 뜬 고기를 모
란꽃 모양으로 담았기 때문이다. 말고
기를 벚꽃, 사슴고기를 단풍요리라 하
는 것과 마찬가지 이유다.

맛이 진한 미소 국물에 고기부터 넣
고 익힌 후 각종 채소를 넣어 한소끔
더 끓인다. 고기를 먹을 때에는 빈 접시
에 파, 생강, 마늘을 조금 덜어 함께 먹
으면 좋다. 멧돼지고기의 과한 풍미를
보완하고 맛을 극대화하는 데 있어 완
벽한 궁합이다. 사가 현은 멧돼지 개체

수가 풍부하며 11월~12월까지는 기름기가 잔뜩 오른 최상의 고기를 얻을 수 있다고 한다. 미야코소(都莊)처럼 직접 포획한 멧돼지고기를 내놓는 료칸이나 시내에 위치한 보타나베 전문점 모두 이색적인 맛을 즐기기에 제격이다.

미야코소 あじさいの宿 都荘

숙박비 2인 1실, 성인 1인 기준 10,000엔~(조식 및 석식 포함, 날짜 및 룸 타입에 따라 요금 상이) **식사메뉴** 런치정식 1,296~6,000엔 ※숙박하지 않는 이용객도 이용 가능, 예약 필수 **찾아가는 법** JR 오치역(相知駅)에서 무료 셔틀 운행(전화 예약) **주소** 사가 현(佐賀県) 가라쓰 시(唐津市) 오치 정(相知町) 이키사(伊岐佐) 568-2 **전화번호** 0955-62-2413

4.소라구이 포장마차(サザエのつぼ焼き屋台)

하도미사키 곶(波戸岬) 무료주차장에는 가라쓰 명물 중의 하나인 포장마차 촌이 자리잡고 있다. 포장마차 촌이라고는 하나 직사각형 형태로 길게 뻗은 건물 안에 여러 점포가 촘촘히 붙어 있다. 집 나간 며느리가 전어구이 냄새에 돌아온다는 말처럼 10여 명의 아주머니들이 굽는 소라구이 냄새는 하도미사키 곶을 찾은 관광객들의 발길을 붙잡는다. 소라구이 외에도 즉석에서 반건조 오징어를 구워 맥주나 사케와 함께 먹는 맛은 별미다. 간단한 식사도 가능하다. 최근 규슈 올레 사가코스가 개발되어 한국인들 사이에서도 유명세를 타고 있다.

대표메뉴 소라구이 3~4개 기준 500엔~, 오징어구이 500엔~ **영업시간** 09:00~17:00(하절기에는 18:00까지 영업) **찾아가는 법** 규슈올레길 가라쓰 코스 마지막 지점에 위치 **주소** 사가 현(佐賀県) 가라쓰 시(唐津市) 진세이 정(鎮西町) 하도(波戸) 1616-1 **전화번호** 095-582-4774

5.송로만주(松露饅頭)

가라쓰의 명물 화과자로 그 모양이 지역에서 자라는 고급버섯인 송로를 닮았다 하여 붙은 이름이다. 선물용과 다과용으로 명성이 높다. 부드럽고 달콤한 팥앙금을 카스텔라 반죽으로 싸서 하나씩 정성 들여 굽는다. 한입에 쏙 들어가는 크기로 한번 손을 대면 멈출 수 없는 맛을 자랑한다.

오하라 송로만주 가라쓰 본점大原松露饅頭

대표메뉴 송로만주 10개입 972엔~ **영업시간** 08:30~19:00 **주소** 사가 현(佐賀県) 가라쓰 시(唐津市) 혼 정(本町) 1513-17 **전화번호** 0955-73-3181

6.가라쓰버거(からつバーガー)

나가사키 사세보버거를 맛본 창업주가 1968년 문을 연 햄버거 가게로 본점은 니지노마쓰바라(虹の松原) 공터에 주차된 푸드 트럭이다. 지리적 이점과 함께 사가규(佐賀牛)의 뛰어난 맛을 기반으로 입소문이 나더니 결국 3~4군데의 분점을 차린 가라쓰의 명물 버거가 되었다. 울창한 소나무 숲을 배경으로 먹

는 햄버거의 맛은 오래도록 기억에 남는다.

가라쓰버거 마쓰바라 본점からつバーガー 松原本店

대표메뉴 햄버거 310엔, 치즈버거 370엔, 에그버거 370엔, 햄에그버거 370엔, 스페셜버거 490엔 **영업시간** 10:00~20:00(시즌에 따라 다소 변경) **찾아가는 법** JR 히가시가라쓰역(東唐津駅)에서 도보 8분 **주소** 사가 현(佐賀県) 가라쓰 시(唐津市) 니지노마쓰바라(虹／松原) **전화번호** 0955-70-6446

7.잉어회(鯉の洗い)

잉어회를 가라쓰에서는 '고이 아라이'라 부른다. 아라이는 '씻다'의 '아라우(洗う)'에서 파생한 단어로 잉어의 살을 물에 씻어 냄새를 없애는 과정을 함축하고 있다. 잉어회의 크기는 일반적인 바다 생선회와 견주어도 꿀릴 것이 없으나 식감이나 감칠맛은 확실히 떨어진다. 그러나 와사비와 간장 대신 유즈코쇼(柚子胡椒, 유자후추)를 푼 미소 소스와 만나면 완전히 다른 맛의 회가 탄생한다.

해안에 넓게 펼쳐진 소나무 숲
니지노마쓰바라虹の松原

일본 3대 송림 중의 하나로 약 100만 그루의 소나무가 가라쓰만 연안을 따라 무지개(虹, 니지)처럼 완만하고 아름다운 곡선을 그리며 이어졌다 하여 붙은 이름이다. 일명 무지개 송림으로 무려 전장 5km, 폭 1km의 웅장한 규모를 자랑한다. 송림을 관통하는 2차선 도로는 마치 초록색 터널을 지나가는 착각에 빠질 정도로 환상적이다. 드라이브 명소이며 주변으로 산책로가 조성되어 있어 지역민들과 관광객들의 발길이 끊이지 않는다.

찾아가는 법 JR 니지노마쓰바라역(虹ノ松原駅)에서 하차 **주소** 사가 현(佐賀県) 가라쓰 시(唐津市) 하마타마 정(浜玉町)

나고야성터 名護屋城

도요토미 히데요시(豊臣秀吉)가 임진왜란의 거점을 삼기 위해 축성의 달인으로 통하던 가토 기요마사(加藤清正)를 시켜 쌓아 올린 성. 현재는 성터와 돌담 규모의 성곽이 남아 있으나 그 정교한 기술과 규모는 히데요시의 절대 권력을 가늠할 수 있다. 임진왜란 직전 가토는 물론이고 도쿠가와 이에야스, 고니시 유키나가 등 우리 귀에도 낯익은 지방의 쟁쟁한 영주들과 그 주력 부대를 성 주변에 절묘하게 배치시켜 놓아둔 덕분에 당시의 정치 판세를 읽을 수 있는 귀한 역사 유적지로 대접받고 있다. 그러나 임진왜란이라는 역사적 아픔을 겪은 우리에겐 남다른 의미로 다가온다.

찾아가는 법 오테구치 버스센터(大手口バスセンター)에서 하도미사키(波戸岬)행 버스 승차 후 나고야조하쿠부쓰칸이리구치(名護屋城博物館入口) 정류장 하차 **주소** 사가 현(佐賀県) 가라쓰 시(唐津市) 진세이 정(鎮西町) 나고야(名護屋) 1938-3

나고야성터 박물관 名護屋城博物館

입장료 무료 **운영시간** 09:00~17:00 / 매주 월요일 휴관 **주소** 사가 현(佐賀県) 가라쓰 시(唐津市) 진세이 정(鎮西町) 나고야(名護屋) 1931-3 **전화번호** 0955-82-4905

요부코 아침시장 ^{呼子朝市}

일본 3대 아침시장 중 하나다. 정월 첫날을 제외하고
는 매일 아침 7시 30분부터 12시까지 열린다. 아침시
장답게 각종 해산물과 건어물 그리고 풍부한 제철 먹
을거리가 넘쳐 난다. 시장의 주인공은 요부코의 명물
인 오징어와 반건오징어다. 각종 오징어 가공식품을
다양하게 접할 수 있으나 그중 즉석에 구워 파는 반건
오징어의 인기가 단연코 높다. 선풍기처럼 오징어를
매달아 말리는 모습이 정겨운 시장 풍경에 재미를 더
한다.

영업시간 07:30~12:00 **찾아가는 법** JR 가라쓰역(唐津駅)에서 택시로
30분 또는 오테구치 버스센터(大手口バスセンター)에서 요부코(呼子)행 버
스 승차 후 요부코(呼子) 정류장 하차 **주소** 사가 현(佐賀県) 가라쓰 시(唐
津市) 요부코 정(呼子町) 요부코(呼子) **전화번호** 0955-82-3426

나카오 가문 저택 ^{鯨組主 中尾家屋敷}

에도시대부터 메이지시대 초기까지 8대에 걸쳐 170년
간 포경업으로 이름을 날렸던 나카오 가문의 저택은
가라쓰 시의 중요문화재로 지정되었으며 현재는 포경
업 관련 박물관으로 운영되고 있다. 웅장하며 호화로
운 저택은 요부코 시장의 명소다.

입장료 성인 200엔, 어린이 100엔 **운영시간** 9:00~17:00 / 매주 수요일
및 연말연시 휴관 **주소** 사가 현(佐賀県) 가라쓰 시(唐津市) 요부코 정(呼
子町) 요부코(呼子) 3750-3 **전화번호** 0955-82-0309

구 다카토리 가문 저택 旧高取邸

나카오 가문이 포경왕이라면 다카토리 가문은 탄광왕이다. 당시 그 위세가 얼마나 대단하였는지 저택 큰마루에는 일본 전통 예능인 노(能, 가면극) 무대가 설치되어 있을 정도다. 서구적인 인테리어와 고풍스러운 가구 그리고 동물, 식물 등이 투각으로 장식된 창 등 볼거리가 많다.

입장료 성인 510엔, 어린이(4~14세) 250엔 **운영시간** 09:30~17:00 / 매주 월요일 및 연말연시 휴관 **주소** 사가 현(佐賀県) 가라쓰 시(唐津市) 기타조나이(北城内) 5-40 **전화번호** 0955-75-0289

구 가라쓰은행 旧唐津銀行

사가 현 출신의 건축가 다쓰노 긴고(辰野金吾)가 감수한 건축물. 도쿄역과 더불어 서울역을 설계한 다쓰노 긴고는 일본 근대 건축을 대표하는 건축가다. 구 가라쓰은행은 당시의 모습을 복원한 형태로 2012년 100주년을 맞이했다.

입장료 무료 **운영시간** 09:00~18:00 **찾아가는 법** JR 가라쓰역(唐津駅)에서 도보 10분, 오테구치 버스센터(大手口バスセンター)에서 도보 5분 **주소** 사가 현(佐賀県) 가라쓰 시(唐津市) 혼 정(本町) 1513-15 **전화번호** 0955-70-1717

하도미사키 곶 波戸岬

일본 최초의 해중공원이 위치한 곳이다. 바다 한가운데 등대처럼 우뚝 솟아 있는 전망탑이 바로 바닷속으로 들어가는 통로다. 탑으로 연결된 다리를 건너 전망탑을 내려가면 눈앞에 수심 7m 세계가 펼쳐진다. 물고기와 해초 등 바닷속 세계를 관찰할 수 있는 자연 그대로의 수족관인 셈이다.

주소 사가 현(佐賀県) 가라쓰 시(唐津市) 진세이 정(鎮西町) 마치하도(波戸)

미카에리노 타키見帰りの滝

낙차 100m를 자랑하는 사가 현 최대 폭포. 일본 폭포 100선에 선정되었으며 오른쪽의 폭포를 남자 폭포, 수량이 적은 왼쪽 폭포를 여자 폭포라 부른다.

이벤트 매년 6월 수국 축제(見帰りの滝あじさいまつり) 개최 **찾아가는 법** JR 오치역(相知駅)에서 도보 30분 **주소** 사가 현(佐賀県) 가라쓰 시(唐津市) 오치 정(相知町) 이키사(伊岐佐)

가가미야마鏡山

해발 284m 산 정상에서 바라보는 파노라마가 일품이다. 벚꽃과 진달래의 명소이기도 하다.

가가미야마 전망대鏡山展望台

주소 사가 현(佐賀県) 가라쓰 시(唐津市) 가가미야마산초(鏡山山頂)

무령왕 탄생지^{武寧王生誕地}

가라쓰 시에 속한 작은 섬 가카라시마(加唐島)는 한일 양국의 중요한 역사적 장소가 숨겨져 있다. 선착장에서 5분을 걸어 고개를 넘어가면 해안가에 위치한 작은 동굴을 만날 수 있는데 그곳이 바로 백제 25대 무령왕의 탄생지다. 예전에는 전설로 여겨졌으나 양국 학자들의 연구 결과 현재는 기정사실로 받아들이고 있다. 아직까지 섬주민들은 무령왕 탄생제를 열고 있다.

가카라시마^{加唐島} 가는 방법

요부코항(呼子港) ↔ **가카라항**(加唐港) **페리**(かから丸) **운항정보**
요금 성인 편도 510엔, 성인 왕복 970엔, 어린이 편도 260엔 **탑승시간** 요부코 출발(08:00, 11:00, 15:00, 18:00), 가카라시마 출발(07:10, 08:50, 13:00, 16:30) **소요시간** 약 17분

요요카쿠 료칸^{旅館 洋々閣}

1893년에 개업하여 현재는 3대 주인 부부가 운영하는 가라쓰의 대표 료칸이다. 비록 온천은 없지만 요요카쿠는 그 이상의 품격과 격조 그리고 가치를 손님에게 제공한다. 프랑스 출신의 감독 장자크 아누는 "도쿄에서 제일 좋은 호텔에 머물렀지만 요요카쿠에서 비로소 일본을 느꼈다."라는 찬사를 남겼다. 사가규(소고기)의 진수를 느낄 수 있는 샤브샤브와 다금바리 코스 요리는 요요카쿠의 또 다른 자랑이다.

숙박비 2인 1실, 성인 1인 기준 18,360~48,600엔(아침 및 석식 포함, 날짜 및 룸 타입에 따라 요금 상이) **찾아가는 법** 가라쓰역(唐津駅)에서 히가시 코스(東コース) 버스 승차 후 히가시가라쓰 니초메(東唐津2丁目) 정류장 하차 **주소** 사가 현(佐賀県) 가라쓰 시(唐津市) 히가시가라쓰(東唐津) 2-4-40 **전화번호** 0955-72-7181

 사가 비행정보 _(2016.05.13 기준)_

사가 현 관광정보: www.welcome-saga.kr

티웨이항공(주 3회 운항)

인천→사가) 화·금·일 14:50 출발, 16:10 도착
사가→인천) 화·금·일 17:10 출발, 18:30 도착

도운 선생 日
'이곳에 오면 일본의 진수를 느낄수 있다, 라는 洋々閣(요요가쿠) 여관
이보다 더 좋은 여관은 얼마든지 있는데 1때 여관의 발견이었으라.

이곳을 두번째 왔는 사장님 가르치어도 마찬가지이었다
사장님부는 신혼여행을 여수로 갔을 청로로 한드를 좋아하는
　　　　　옛날에

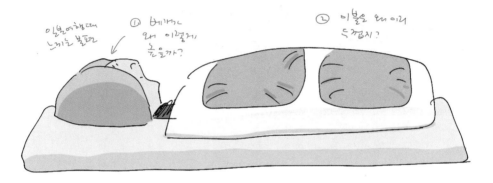

일본여행때
느끼는 불편으로

① 베개가
왜 이렇게
높을까?

② 이불은 왜 이리
두겁지?

호텔 로비 아침 8시 20분

선생님, 출발시간이 40분이나
남았는데 왜 벌써
나오셨어요?

버려서
갑갑해서...

〈오싱〉의 촬영지
야마가타

모두 모여라~ 소바 마니아!
야마가타 소바로드

이미 널리 알려진 사실이지만 허영만 선생님이 가장 싫어하는 음식이 바로 면이다. 소화불량이 그 이유로 체질의 문제가 크게 작용한 결과다. 그러나 약간의 수정이 필요하다. 면은 맞지만 밀가루로 만든 면에 한정시켜야 한다. 즉, 메밀로 만든 소바는 예외다. 일본 취재 중 식사 일정에 소바가 빠지는 날이면 자유시간이나 쉬는 시간을 쪼개 일부러 소바집을 찾을 정도로 소바 마니아다. 때로는 이동 중 시간적 여유가 있고 소바집이 보이면 즉흥적으로 차를 멈추기도 했다. 그런 허영만 선생님에게 야마가타는 천국과도 같은 곳이다. 소바집들이 밀집한 마을을 잇는 일명 3대 소바로드가 존재하기 때문이다. 하지만 가가와 현의 사누키 우동집들처럼 소바집들이 한데 모여 있거나 쉽게 눈에 띄지는 않는다.

3대 소바로드는 각각 무라야마(村山), 오바나자와(尾花沢), 오이시다(大石田)에 있는데 거리상 서로 멀리 떨어져 있다. 이 중에서 무라야마를 주목할 필요가 있다. 예부

터 야마가타에는 모내기나 추수 후 노고를 격려하는 뜻에서 소바를 나눠먹는 전통이 있었고 결국 더 많은 사람들이 함께 먹을 수 있는 환경을 만들자는 취지로 무라야마에서 소바로드가 시작되었다. 정식 명칭은 모가미가와산난쇼 소바로드(最上川三難所そば街道)다. 이 지역은 일교차가 커서 메밀의 전분 함유량이 높기 때문에 원조 소바로드에 어울리는 극상의 소

바 맛을 경험할 수 있다. 우리가 처음으로 방문한 소바집은 오직 한 가지 메뉴만 판매한다는 13번 구레나이엔(くれない苑)이다. 단일 메뉴인 가이모치(かいもち)는 한번쯤 먹어볼 만한 가치가 있다.

가이모치는 무라야마에서 옛날부터 즐겨먹던 향토요리로 소바가키(蕎麦がき)라는 별칭으로 널리 알려져 있다. 모양은 이름에서 알 수 있듯이 떡처럼 생겼으며 특징은 다양한 고명을 올리거나 소스를 찍어 먹는다는 점이다. 무라야마만의 옛 전통 조리법으로 만든 가이모치는 메밀의 거친 야생미가 고스란히 담겨 있으며 그 풍미와 향기는 일반적인 가늘고 긴 소바면을 압도한다. 여기에 낫토(納豆)와 무즙으로 만든 고명이나 간장을 곁들인 들깨 타레소스(タレ) 또는 호두 타레소스가 제공되는데 이것이 신의 한수

다. 자칫 단조롭고 지루할 수 있는 맛을 보완한다. 원초적인 소바 맛을 경험한 우리는 소바로드를 즐기기 위한 통과의례를 무사히 마쳤다는 자신감에 재촉하듯 또 다른 소바 맛을 찾아 나섰다.

두 번째로 방문한 소바집은 노도카무라(のどか村)다. 3대 소바로드에 위치한 가게는 아니지만, '숨은 소바 가게 마을(隠れ蕎麦屋の里)'이란 이름에 어울리는 맛을 지녔다. 쓰유에 면을 적셔 후룩 당겨 먹는 상상을 하며 가게 내부로 들어갔건만 정작 우리를 기다리는 풍경은 식탁과 의자 아닌 넓은 조리대와 메밀가루였다. 이곳에서는 면 만들기 체험과 더불어 자신이 만든 면으로 소바를 삶아 먹을 수 있는 독특한 프로그램을 운영 중이다.

"이참에 반죽 배워서 집에서 해 먹어야겠어."

허탈함도 잠시, 허영만 선생님이 일번 타자로 호기롭게 나섰다. 메밀가루에 물을 적셔 조심스럽게 섞고 서서히 반죽을 하다 때론 뒤꿈치가 들릴 정도로 힘을 주며 반죽에 매진하는 선생님을 지켜보던 주인장은 "만화가라 역시 감각이 남다르다."며 엄지손가락을 치켜세웠다. 허영만 선생님의 반죽하는 모습을 보며 우리는 자신도 모르게 머릿속으로 따라하고 있었다. 성의껏 만든 반죽을 다이아몬드 모양으로 넓게 밀어주는 과정을 반복한 후 겹쳐 칼로 자르면 드디어 면

이 완성된다.

삶은 면이 소반에 담겨 식탁 앞에 놓이자 모두들 기다렸다는 듯 '후루룩 후루룩' 면 당기는 소리가 합창처럼 가게 안에 울려 퍼졌다. 실례라고 느낄 수 있으나 일본에서 이 소리는 '당신의 소바가 참 맛있습니다.'라는 칭찬의 의미로 통한다. 혹여 체면을 차리느라 조심스럽게 먹을 경우 굳은 표정의 주인장 얼굴에 신경이 쓰여 입맛을 잃게 될지도 모른다.

아직 면 당기는 소리가 여기저기서

퍼지건만 허영만 선생님은 그사이 한 판을 깨끗이 비웠다. 그러고는 "반죽하느라 고생이 많았다."며 재차 "한판!"을 외쳤다.

구레나이엔 くれない苑

대표메뉴 가이모치 코스 요리 1,550엔, 2,100엔, 3,150엔, **영업시간** 런치 11:00~14:00, 디너 17:00~19:00(디너는 예약 필수) / 매주 화요일 휴무 **찾아가는 법** JR 무라야마역(村山駅)에서 하차 후 택시로 15분 **주소** 야마가타 현(山形県) 무라야마 시(村山市) 오쿠보(大久保) 고(甲) 4 **전화번호** 0237-54-2420

노도카무라 のどか村

대표메뉴 수타소바 670엔(리필 시 450엔), 계절 정식 2,000엔~ **체험 프로그램** 소바 수타 체험 1,200엔(소바가루 1,050엔 별도 구매) **영업시간** 런치 11:00~14:00(15:00폐점). 디너 18:00~20:30(21:00폐점) (예약 필수) / 매주 화요일 휴무 **찾아가는 법** 아유카이역(鮎貝駅)에서 택시로 10분. 도보 50분 **주소** 야마가타 현(山形県) 니시오키다마 군(西置賜郡) 시라타카 정(白鷹町) 오아자미야마(大字深山) 2537 **전화번호** 0238-85-0380

여관 오카미상은 여주인이다

남편은 뭐 하세요?

아무일도 않고 빈둥대는게 일이죠

다음 결혼 상대는 료칸 오카미상이다 !!

다미야 료칸의 오카미는 한국인

실로 뜻밖이었다. 1980년대 야마가타 현에서 추진한 한일 간 결혼사업의 결실로 이곳에 한국인 며느리가 많다는 것은 이미 알고 있었다. 하지만 유타가 와 온천(湯田川温泉)을 대표하는 다미야 료칸의 오카미(안주인)가 한국인이라는 사실은 보고도 믿지지 않았다. 그녀의 이름은 우미숙. 15년 전 일본에서 한국 어 강사와 호텔 직원으로 일하다 친구 의 소개로 현재의 남편을 만나 지금의 오카미가 되었다고 한다. 남편이 료칸 의 후계자이니 당연한 결과였다. 연애 시절, 온천을 좋아하는 그녀에게 원 없이 온천욕을 시켜주겠다던 남편의 청혼이 현 실이 된 것이다.

올해로 9년 차에 접어드는 그녀의 오카미 적응기는 한편의 영화다. 기모노 입는 법은 기본이고 꽃꽂이 수업, 다도 수업, 그리고 요리 수업까지 처음부터 배워야 할 것이 한두 가지가 아닌데다 료칸 운영까지 도맡아야 했다. 새벽 6시에 시작된 하루 일과는 저녁 10시가 되도록 끝날 기미가 없었다. 하지만 고된 일과보다 그녀를 더 욱 힘들게 한 것은 바로 직원들의 텃세였다. 남편만 믿고 시작한 타지 생활이 산 넘 어 산이었다. 시련은 있었으나 그녀는 굴하지 않고 욕탕 청소 등 궂은일에 먼저 뛰 어들었다. 그렇게 힘든 난관을 극복하니 나중에는 직원들이 먼저 고개를 숙였다. 모든 과정을 옆에서 지켜보던 시어머니는 3년 전 드디어 료칸의 전권을 그녀에게

넘겼다고 한다. 지역사회에서도 오카미로 당당히 인정받은 그녀가 꿈꾸는 미래는 바로 료칸에 한국풍을 입히는 것이다. 몇 년 전부터 손님들에게 김치 선물을 시작했는데 반응이 너무 좋아 가이세키 상차림에도 적극 반영할 예정이라고 한다. 그녀의 손에서 탄생할 최초의 한국식 가이세키가 기대된다. 그녀의 오카미 도전기는 여전히 현재진행형이다.

간다라지루 寒鱈汁, どんだら汁

야마가타 현 쇼나이지방(庄内地方)의 향토요
리로 일본식 대구탕이다. 간다라는 일반적
으로 가장 춥거나 극한의 시기에 잡힌 무게
7~10kg 정도의 대구를 말한다.

일본어에 다라후쿠(鱈腹, 대구의 배)라는 말
이 있는데, 이는 대구의 배만큼 배가 부를
때까지 먹는다는 의미다. 간다라지루는 배
가 터질 만큼 대구를 포식할 수 있는 요리
로 다라후쿠라는 말이 어울리는 몇 안 되는
요리다.

가격 단품 500엔~ **음식점 정보** www.gt-yamagata.com/
recipe/tenpo/dongara.html

요네자와 ABC 米沢 ABC

(1)다테야마 사과(Apple, 舘山りんご)**:** 일교차가 큰 지역에서 나는 알싸한 단맛이 특징인 사과. 품종으로 후지가 유명하다.
(2)요네자와 소(Beef, 米沢牛)**:** 일본 3대 와규 중 하나.
(3)요네자와 잉어(Carp, 米沢鯉)**:** 옛날 단백질 부족을 메우기 위해 우에스기 요잔(上杉鷹山: 우에스기 번의 9대 번주)이 사육을 시작하여 요네자와 특산품으로 자리를 잡았다.
(4)구입 정보: http://umai-yone.sakura.ne.jp/abc.htm

도코노 양조장 東光の酒蔵

400여 년의 역사를 간직한 야마가타 현의 대표 양조장. 자료관과 시음장을 갖추고 있어서 다각도로 양조장을 느끼고 체험할 수 있다.

주조 자료관 성인 310엔, 중·고등학생 210엔, 초등학생 150엔(시음 포함) **영업시간** 09:00~16:30 / 12월 31일~1월 1일 휴관 **찾아가는 법** 요네자와역(米沢駅)에서 순환버스 탑승 후 오마치니초메(大町一丁目) 정류장 하차 **주소** 야마가타 현(山形県) 요네자와 시(米沢市) 오 정(大町) 2-3-22 **전화번호** 0238-21-6601

다카하타 와이너리 高畠ワイナリー

야마가타 현은 양질의 포도 생산이 가능한 지역이다. 이 포도를 바탕으로 11개의 와이너리가 각각 개성 강한 와인을 만들고 있다. 와이너리는 견학이 가능하다. 특히 《신의 물방울》에 소개된 다카하타 와이너리가 유명하다.

입장료 무료 **견학시간** 4〜11월 09:00〜17:00, 12〜3월 10:00〜16:30 / 매주 수요일(1〜3월), 12월 31일〜1월 2일 휴무 **찾아가는 법** JR 다카하타역(高畠駅)에서 도보 10분 **주소** 야마가타 현(山形県) 히가시오키타마 군(東置賜郡) 다카하타 정(高畠町) 오아자 누카노메(大字糠野目) 2700−1 **전화번호** 0238−40−1840

칭기스칸 요리 ジンギスカン料理

철판에 양고기를 구워먹는 요리로 발상지는 몽골이

아니라 일본이다. 일본 내에서는 그 시작을 자오 온천

(蔵王温泉)으로 보는 설이 유력하다.

로바타 ろばた

대표메뉴 ※칭기스칸 단품 1인 1,250엔, 세트 1,550엔, 정식 1,850엔 **영업시간** 런치 11:00~15:00, 디너 17:00~22:00 / 매주 목요일 휴무 **찾아가는 법** JR 야마가타역(山形駅)에서 자오온센 행(蔵王温泉行き) 버스 탑승 후 자오온센(蔵王温泉) 정류장 하차, 도보 3분 **주소** 야마가타 현(山形県) 야마가타 시(山形市) 자오온센(蔵王温泉) 가와라(川原) 42-5 **전화번호** 023-694-9565

〈가정식 소바가키〉

한국의 개떡같은 메밀 반죽덩어리를
익힌 것이다.
또 먹고 싶다는 생각이 전혀 없다.

또 만났다!!
이나니와 우동!!
3년전에 무척 맛있게
먹었던 기억이 새롭다;

산쿄창고 山居倉庫

야마가타 현 사카타 시(酒田市)에 있는 미곡창고. 1893년 사카타 미곡거래소의 부속
창고로 건설되었으며 현재도 쌀 생산지인 쇼나이평야(庄內平野)의 농업창고로 사용
되고 있다. 모가미강(最上川) 주운(舟運, 배로 화물 등을 나르거나, 교통하거나 하는 일)의 거점
으로 옛 수송선도 잘 보존되어 있다.

특이한 점은 당시 창고에서 배까지 쌀 포대를 나르는 일은 온나초모치(女丁持)라
불리는 여성이 담당했다
고 한다.

무엇보다 이 산쿄창고
가 유명해진 계기는 1983
년 방영하여 일본 드라
마 역사상 가장 높은 시
청률을 기록한 〈오싱(お

< /쌀창고2 >
130여 된 목조건물

쌀이 있어서 쥐가
많았을 턴데 어떻게 쌀을
지켰을까? 강에서 올라온
쥐가 많았는데 쥐가 쥐를
무지 싫어했다다. 게는 쌀을
안 먹는다

しん〉〉의 무대였기 때문이다. 창고 뒤쪽에 조성된 느티나무 가로수길은 '오싱'을 기억하는 수많은 팬들과 관광객들이 반드시 걸어보는 관광 명소다.

입장료 무료 **운영시간** 09:00~18:00 **찾아가는 법** JR 사카타역(酒田駅)에서 버스 탑승 후 산쿄마치(山居町) 또는 산쿄마치히가시(山居町東) 정류장 하차 **주소** 야마가타 현(山形県) 사카타 시(酒田市) 산쿄 정(山居町)1-1-20
전화번호 0234-24-2233

하구로산 羽黒山

일본에는 무수히 많은 종교가 존재한다. 그중 독특한 산악종교가 있는데 산에서 수행을 실천함으로써 초능력을 터득한다는 하구로파(羽黒派)가 그것이다. 이 종교의 본산이 바로 하구로산이다. 현관 역할을 하는 즈이신몬(随神門)에서 산꼭대기까지 2446개의 계단으로 연결된 하구로하슈겐도(羽黒派修験道) 참배길 주변에는 수령 300~500년의 삼나무가 가득하다. 일본 동북 지역에서 가장 오래된 탑으로, 약 600년 전에 재건된 국보 오층탑이 솟아 있다.

〈하구로야마의 삼나무〉

높이 50m, 둘레 11m

찾아가는 법 쇼나이(庄内) 교통버스 하구로산 행(羽黒山行き) 버스 탑승 후 종점 하차 **주소** 야마가타 현(山形県) 쓰루오카 시(鶴岡市) 하구로 정(羽黒町) 도게토게(手向字手向) 7

플라워 나가이선 フラワー長井線

1913년에 개통된 철도 노선으로, 아카유역(赤湯駅)에서 아라토역(荒砥駅)까지 모두 17개의 역을 통과한다. 철로를 따라 꽃과 연관된 명소가 즐비해 플라워 나가이선이란 애칭으로 불린다. 봄에는 만개한 벚꽃 사이를, 겨울에는 순백의 별세계를 달린다. 출발역인 미야우치역(宮内駅)의 토끼역장 '못치(もっちぃ)'는 관광객들의 큰 사랑을 받고 있다.

아카유역, 미야우치역, 나가이역(長井駅), 아라토역 창구에서는 나가이선 오리지널 굿즈와 기념우표 등을 판매한다.

미야우치역 창구

영업시간 매주 화, 토요일 10:00～17:30 **전화번호** 023-840-0560 **토끼역장 근무시간** 10:00～17:00 / 매주 수요일 및 공휴일은 휴무

자오 온천 스키장 蔵王温泉スキー場

일본 3대 스키장의 하나. 적설량과 눈
의 질은 여느 유명 스키장에 못지않다.
'스노 몬스터'라 불리는 눈 덮인 나무숲
을 배경 삼아 내려오는 코스는 자오 스
키장의 압권이다. 자오 스카이로프웨이

를 타면 일본에서 유일하다는, 우뚝 솟은 수빙(樹氷)의 아
름다운 장관을 한눈에 내려다볼 수 있다. 강한 산성의 유
황천인 자오 온천을 배후에 두고 있는 것 또한 장점이다.

영업시즌 매년 11/12월~4/5월 **리프트 요금** 성인 1인 기준 4시간권 4,300
엔, 5시간권 4,500엔~ **기본정보** 총 26코스, 리프트 41개 **운행시간** 주간
08:30~17:00(주말 및 공휴일은 08:00~17:00), 야간 17:00~21:00 **찾아가
는 법** JR 야마가타역(山形駅)에서 자오온센행(蔵王温泉行き) 버스로 40분 소
요 **주소** 야마가타 현(山形県) 야마가타 시(山形市) 자오온센(蔵王温泉) **전화번호**
023-694-9328

와쿠와쿠칸 わくわく舘

에도시대에 이름을 날렸던 우에스기번
(上杉藩) 직물의 수직과 홍화 염색 체험
을 할 수 있는 공방.

직물체험 실크 컵받침 만들기(2장) 2,160엔, 실크 테
이블보 만들기 2,700엔 **영업시간** 09:30~16:30 / 매
주 수요일 휴무 **찾아가는 법** JR 요네자와역(米沢駅)에서 택시로 약 8분 **주소**
야마가타 현(山形県) 요네자와 시(米沢市) 고효(御廟) 1-2-37 **전화번호** 0238-
24-0268

유타가와 온천湯田川温泉

야마가타 현 내에서 두 번째로 오래된 온천으로 1,300
년의 역사를 자랑한다. 매분 약 1,000리터의 용출량은
신선한 온천욕을 보장한다. 야마가타 출신의 대표 소
설가 후지사와 슈헤이(藤沢周平) 등 많은 문인들의 사
랑을 받는 온천지다. 도고 온천과 더불어 미야자키 하
야오(宮崎駿) 감독의 〈센과 치히로의 행방불명〉의 또
다른 배경이었던 다미야 료칸을 추천한다.

다미야 료칸たみや旅館

숙박비 2인 1실, 성인 1인 기준 7,500엔~ **찾아가는 법** JR 쓰루오카역
(鶴岡駅)에서 버스 탑승 후 유타가와온센(湯田川温泉) 정류장 하차 **주소**
야마가타 현(山形県) 쓰루오카 시(鶴岡市) 유타가와(湯田川) 15 **전화번호**
0235-35-3111

긴잔 온천銀山温泉

에도시대 초기 대은광으로 번성한 '노베자와 긴잔(延
沢銀山)'의 명칭에서 유래됐다. 19세기 말과 20세기 초
에 걸쳐 지어진 서양풍의 다층 목조 건물들이 독특한
동네 분위기를 연출한다. 동네 주변에서 고케시(こけし,
목각인형)에 그림을 그려 넣는 체험도 가능하다.

온천거리 산책 코스 코스1(ゆったり散策コース) 약 1.9km, 90분 소요 /
코스2(銀鉱洞直行コース) 약 1.4km, 60분 소요 / 코스3(滝見コース) 약
0.8km, 20분 소요 **찾아가는 법** 오바나자와역(尾花沢)에서 버스로 40분
주소 야마가타 현(山形県) 오바나자와 시(尾花沢市) 긴잔신바타(銀山新畑)
홈페이지 www.ginzanonsen.jp

메밀 맥주는 신기하게
계속 흔들면
거품이 계속 생긴다
와인처럼 돌려서 마음으로
맛을 더 즐길수있다

덴도 온천 天童温泉

야마가타 시에서 차로 30분 거리에 위치한 지리적 이점과 현대 시설을 겸비한 대형 호텔 및 료칸들 덕분에 지역민들은 물론이고 관광객들의 발길이 잦은 온천마을이다. 오르골박물관, 로즈 스퀘어, 데와자쿠라 미술관 등 주변에 볼거리 또한 다양하고 풍부하다. 맥주를 좋아하는 사람들에게는 유보이치라쿠(湯坊いちらく) 료칸을 추천한다. 료칸 내에 작은 하우스맥주 공장이 있으며 이곳에서 생산하는 체리 맥주와 소바 드라이맥주가 인기 만점이다.

찾아가는 법 JR 덴도역(天童駅)에서 하차 **주소** 야마가타 현(山形県) 덴도 시(天童市) 가마타혼 정(鎌田本町) **홈페이지** www.tendoonsen.or.jp

유보이치라쿠 桜桃の花 湯坊いちらく

숙박비 2인 1실, 성인 1인 기준 8,000엔~(조식 및 석식 포함, 날짜 및 룸 타입에 따라 요금 상이) **찾아가는 법** 덴도역(天童駅)에서 도보 16분 **주소** 야마가타 현(山形県) 덴도 시(天童市) 가마타혼 정(鎌田本町) 2-2-21 **전화번호** 023-654-3311

가미노야마 온천 かみのやま温泉

에도시대 역참마을로 번성했으며 550년 역사를 지닌 온천마을이다. 15세기 수도승에 의해서 처음 발견되었다. 성을 중심으로 발달한 성곽마을인 탓에 곳간이나 대저택 등 옛 모습을 엿볼 수 있는 흔적이 많이 남아 있다.

오노가와 온천 小野川温泉

9세기 경 아버지를 찾아 교토에서 동북으로 길을 떠나던 도중 병에 걸린 여류시인 오노노 코마치(小野小町)가 병을 치유했다는 이야기가 전해지는 온천마을. 자연을 잘 보존한 덕분에 여름에는 반딧불이가 날아다니며 환상적인 분위기를, 1~3월까지는 눈으로 만든 동굴(이글루)이 늘어서 이국적인 풍경을 연출한다. 그 동굴 안에서 먹는 라멘이 꿀맛이다.

야마가타 현 관광정보: www.yamagata.or.kr

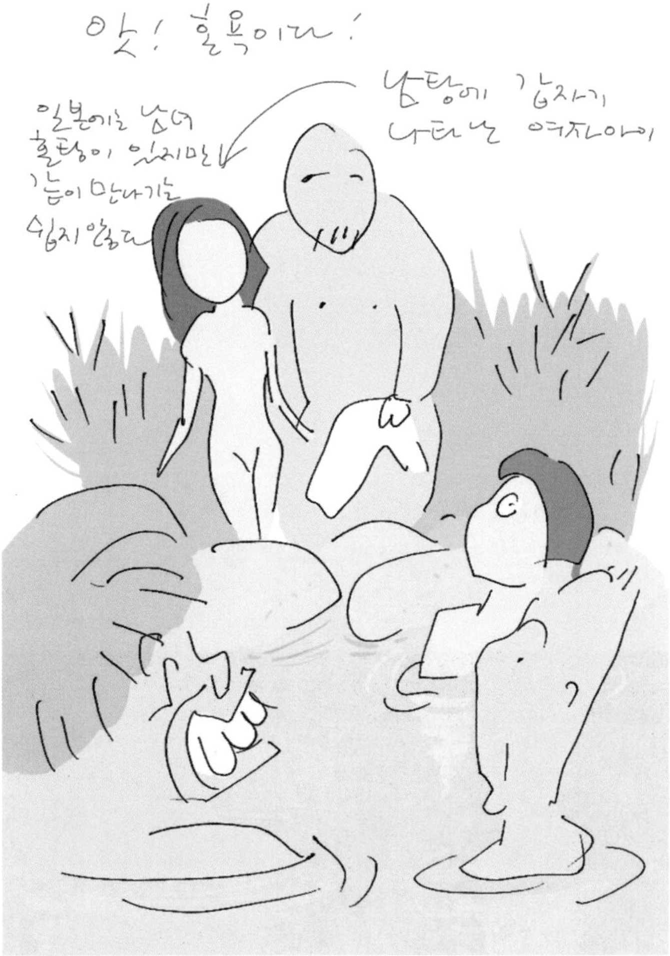

앗! 혼욕이다!
남탕에 갑자기 나타난 여자아이
일본에는 남녀 혼탕이 있지만 같이 만나기는 쉽지 않다

평화가 깃든 땅
히로시마

전통의 토대 위에 정교하게 설계된,
가이세키 요리

일본에서는 매년 전국의 숙박업소를 대상으로 '100대 온천' 순위를 발표한다. 이 순위는 단행본으로 제작돼 서점이나 온라인에서 판매되며 독자들이나 관광객들에게 료칸 선택의 기준이 된다. 료칸과 호텔 내 온천의 수질 및 주변 환경, 직원들의 서비스 그리고 요리에 대해 전문가들이 경험하고 분석하여 평점을 부여하는 방식으로 순위가 매겨진다. 간혹 평가를 거부하는 곳도 있지만 대부분의 료칸과 호텔들은 이 평가에 대비해 많은 준비를 한다. 특히 요리에 공을 많이 들인다. 여기서 요리라고 하면 당연히 일본 요리의 축소판이자 꽃이라 불리는 가이세키를 뜻한다.

사실 '100대 온천' 중 상위권에 오른 숙박업소의 순위는 여간해서는 바뀌지 않는다. 역사와 전통이라는 자존심을 지키려는 당사자들의 피나는 노력과 열정이 수반되기 때문이다. 그런 면에서 1854년 창업한 이와소(岩惣)도 예외는 아니다. 이와소는 '신의 섬'이라는 미야지마 내에 자리잡고 있으며 메이지 초기부터 일본 왕실과

242

수많은 저명인사가 머문 료칸이다. 게다가 최근에 하나의 영광이 더 추가됐으니 바로 '미슐랭가이드'의 별점이다. 비록 히로시마를 포함한 산요지방의 그린가이드북(여행에 국한)이지만 일본 내에서도 료칸의 가이세키가 별점을 받은 것은 극히 드문 일이다. 전통이 고스란히 담긴 고풍스러운 외관과 함께 역사를 뽐내듯 각종 자료와 유품이 전시되어 있는 내부도 인상 깊지만 역시 '이와소' 하면 가이세키에 대한 기대감이 앞서기 마련이다.

가이세키는 4가지의 공통점이 있다. 최상의 재료, 아름다운 모양, 정성스런 서비스, 코스가 바로 그것이다. 최상의 재료는 료칸 주변 지역의 제철 재료, 아름다운 모양은 '눈으로 먹는 음식'이라는 명성에 적합한 식기와 기교, 정성스런 서비스는 지극한 정성이 느껴지는 정교한 서비스를 말한다. 가이세키 기본 구성은 1즙 3채(一汁三采, 밥 그리고 1가지 국물과 3가지 요리)이고 2즙 5채 등으로 늘릴 수 있다. 코스는 전채 요리인 사키즈케(先付け)를 시작으로 국물요리 스이모노(吸物), 3가지 혹은 5가지 생선회로 구성된 오즈쿠리(お造り), 생선이나 육고기 구이 야키모노(燒物), 조림요리 니모노(煮物), 밥이나 면 또는 스시가 나오는 쇼쿠지(食事), 대단원의 막을 알리는 디저트의 순서로 나온다. 술은 종류에 상관없이 마음껏 곁들일 수 있으며 식사 전 특별 요리가 나오는 경우도 있다.

이와소의 가이세키는 사키즈케부터 화려함과 징교함을 뽐낸다. 두부 위에 연어 알, 게살과 약간의 푸른 채소를 올리고 양념장으로 마무리한 갈색 식기와 대비되면서 극명한 존재감을 드러낸다. 맛은 물론이고 식감까지 고려한 요리사의 솜씨는 식전주와 함께 입안에서 "이제부터 즐거움이 시작될 겁니다."라며 즐거움의 시작을 알린다. 이후 코스는 전채요리의 화려함을 유지하면서 삭스핀을 이용하는 등 맛의 변주를 보여준다. 또한 군데군데 단풍 등을 형상화한 기교로 이곳이 히로시마임을 잊지 않게 만든다. 미각의 만족은 행복이란 감정을 극대화시키고 여기에 술 한잔 오고 가니 식사 자리가 어느새 명절날 오랜만에 만난 가족들의 모임마냥 시끌벅적 화기애애한 분위기로 가득했다. 이미 고인이 된 현대 가이세키의 창시자 기타오지 로산진(北大路魯山人)도 이와소의 가이세키를 접했다면 아마 미소를 보이지 않았을까.

이와소를 방문하기 전만 해도 가이세키 요리는 더는 흥미의 대상이 아니었다. 처음 일본을 여행했을 때만 해도 가이세키 요리에 놀랐으나 매번 거의 같은 형식과 순서로 진행되다 보니 호기심과 신선함이 사라졌던 것이다. 또 한 나라를 대표하는 요리라 할지라도 료칸의 수준에 따라 들쭉날쭉한 맛에 피로도가 가중된 탓도 있었다. 물론 매식도 가능하나 료칸 숙박비에는 식사비 포함이 필수조건이므로 다른 선택의 여지가 없었다. 이런 타이밍에 때마침 이와소를 만났다. 이와소의 가이세키는 여행의 새로운 활력을 불어넣었다. 한마디로 숲 속의 신선한 산소 같은 상차림이었다.

이와소 료칸

숙박비 2인 1실. 성인 1인 기준 22,680엔~(조식 및 석식 포함, 날짜 및 룸 타입에 따라 요금 상이) **찾아가는 법** 미야지마 내 이쓰쿠시마 신사(厳島神社)에서 도보 3분 **주소** 히로시마 현(広島県) 하쓰카이치 시(廿日市市) 미야지마 정(宮島町) 모미지다니(もみじ谷) **전화번호** 0829-44-2233 **홈페이지** www.iwaso.com

시끄러운 히로시마

평소 친절하고 조용하기로 소문난 히로시마 사람들이 오코노미야키(お好み焼き)를 먹을 때는 유별나게 소란스럽고 시끄럽다는 말이 있다. 여기에는 두 가지 이유가 있다.

하나는 부담 없이 친구 혹은 가족들과 먹는 집밥 같은 음식이기 때문이다. 철판에 노릇하게 구워진 풍성한 오코노미야키를 먹으며 수다와 잡담으로 하루의 스트레스를 푸는 것이다. 또 다른 이유는 오사카와의 경쟁심 때문이다. 일본에는 오사카와 히로시마 스타일의 오코노미야키가 존재한다. 오사카는 반죽에 갖가지 재료를 섞어 한 번에 익히지만 히로시마는 얇게 부친 전병에 양배추, 소바, 돼지고기 등을 차례차례 산처럼 쌓아 올린다. 일본 내에서 오사카파, 히로시마파로 나뉠 정도로 맛에서도 확연한 차이를 보인다. 오사카 오코노미야키를 논하면 히로시마 사람들은 손사래를 치기 일쑤다. 진짜는 히로시마 오코노미야키라는 뜻이다. 오코노미야키 전문점을 방문하면 열변을 토하며 오사카와 히로시마 오코노미야키의 차이점을 설명하는 광경을 자주 목격한다. 히로시마 사람들에게 오코노미야키란 소울푸드이자 자존심인 것이다. 그리하여 오코노미야키 가게 앞이라면 이런 소란도 정겹게 다가온다. 참고로 오코노미야키는 '좋아하는'의 오코노미(お好み)와 '굽다'의 야키(焼き)의 합성어다. 즉, 좋아하는 재료를 넣어 구운 요리를 말한다.

밋찬 이세야 みっちゃん いせや 紙屋町本店

대표메뉴 오코노미야키 1,100엔~(토핑 추가 150엔) **영업시간** 평일 11:00~22:00, 일요일 및 공휴일 11:00~21:30 **찾아가는 법** 다테마치역(立町駅)에서 도보 2분 **주소** 히로시마 현(広島県) 히로시마 시(広島市) 나카 구(中区) 가미야 정(紙屋町) 1-6-1 미나미 구(南区) 마쓰바라 정(松原町) 1-2 **전화번호** 082-246-4030

먹 을 거 리

굴요리

세토내해(瀬戸内海)에 인접한 히로시마는 굴 양식이 유명하다. 파도가 잔잔하고 굴 양식에 적합한 환경을 보유하고 있어 일본 전국 굴 생산량의 70% 이상을 차지하고 있다. 9월부터 수확이 시작되지만 최고의 맛을 즐기려면 11~2월이 적합하다. '미야 지마 굴 축제(宮島かき祭り)' 역시 2월에 열린다. 요 리는 굴구이가 대부분이며 굴요리에는 사케보다 와인이 더 어울린다. 탱탱한 식감과 담백한 뒷맛 그리고 풍부한 풍미가 일품이다. 단, 가격이 비싼 게 흠이라면 흠이다.

　주민들과 관광객들은 미야지마 내 가키야(牡蠣 屋) 음식점을 굴요리의 으뜸으로 꼽는다. 그 이유 는 일본 TV에서 방영된 〈2013년 줄 서서 먹는 당 일 완판 맛집(行列の出来る即日完売グルメ)〉 프로그램

에서 2위에 오르며 유명세를 타고 있기 때문이다.

가키야

대표메뉴 가키야 정식 2,150엔, 굴구이 1,150엔, 생굴 1,680엔, 굴밥 1,080엔 **영업시간** 10:00∼18:00 **찾아가는 법** 미야지마 오모테산도 상점가(表参道商店街) 내 위치 **주소** 히로시마 현(広島県) 하쓰카이치 시(廿日市市) 미야지마 정(宮島町) 539 **전화번호** 082-944-2747

아나고메시あなご飯

붕장어 덮밥은 미야지마에서 굴과 더불어 빼놓을 수 없는 먹을거리다. 도처에 장어 덮밥집이 자리잡고 있지만 그중에서도 제일은 우에노 다니키치(うえの·他人吉)다. 파는 수량이 정해져 있고 완판되면 바로 문을 닫으니 주의를 요한다.

우에노 다니키치

대표메뉴 붕장어 덮밥 1,800엔 **영업시간** 런치 11:00∼15:00, 디너 17:00∼22:00 **찾아가는 법** JR 미야지마구치역(宮島口駅)에서 도보 3분 **주소** 히로시마 현(広島県) 하쓰카이치 시(廿日市市) 미야지마구치(宮島口) 1-5-11 2층 **전화번호** 0829-56-0006

다이우즈미鯛うずみ

후쿠야마 시(福山市)의 명물로 밥 위에 찐 도미를 얹고 또 그 위에 밥을 얹어 만드는 요리.

온후나야도 이로하御舟宿 いろは

대표메뉴 다이우즈미 정식 1,300엔 **영업시간** 10:00~17:00 / 매주 화요일 휴무 **찾아가는 법** JR 후쿠야마역(福山駅)에서 도모코행(鞆港行き) 버스 이용 **주소** 히로시마 현(広島県) 후쿠야마 시(福山市) 도모 정(鞆町) 도모(鞆) 670 **전화번호** 084-982-1920

야스히로保広

세토내해의 신선한 생선들로 다양한 요리를 선보이는 음식점.

대표메뉴 스시 세트 1,500엔~, 런치 정식 1,650엔 **영업시간** 런치 11:30~14:00, 디너 17:00~21:00 / 매주 월요일 휴무 **찾아가는 법** JR 오노미치역(尾道駅)에서 도보 5분 **주소** 히로시마 현(広島県) 오노미치 시(尾道市) 쓰치도우(土堂) 1-10-12 **전화번호** 0848-22-5639

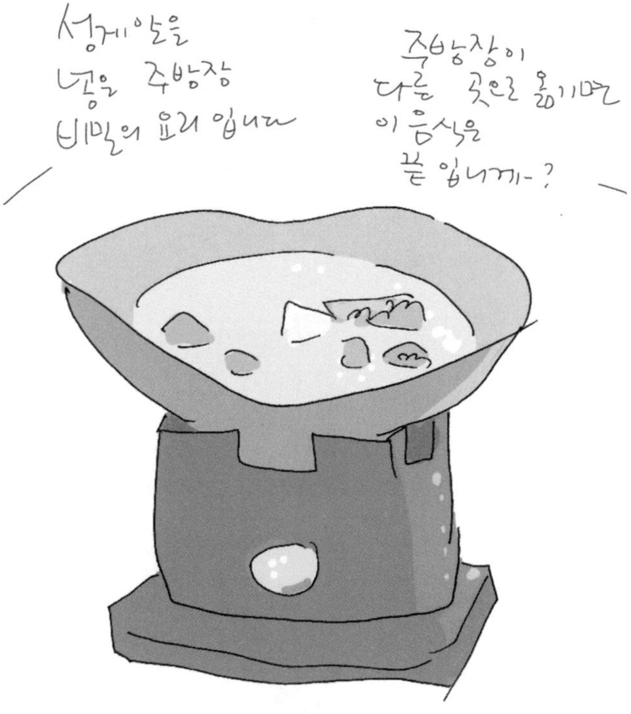

성게알을
넣은 주방장
비밀의 요리 입니다

주방장이
다른 곳으로 옮기면
이 음식을
끝 입니까~?

점심은 스시 8조'5

이것이 모자라서 옆의 라멘집으로
2차!
점심을 두 번 먹은 것은 처음이다

오후 6시에 불러대는
朱華園(주화우안)

윽!
짜!

볼거리 & 숙소

조선통신사의 경유지

도모노우라^{鞆の浦}

히로시마 현과 오카야마 현 경계에 있는 도모노우라는 원조 한류의 흔적이 남아 있는 마을이다. 18세기 시모노세키를 거쳐 도쿄로 향했던 조선통신사 행렬의 중간 기착지로 이곳에서 밀물과 순풍을 기다리며 바닷길이 열릴 때까지 잠시 쉬어갔다. 화려했던 조선통신사의 행렬을 구경하기 위해 마을은 물론이고 주변에서 어마어마한 인파가 몰려들었다고 한다. 작은 포구마을로서는 더없는 영광이었다. 그래서 주민들은 조선통신사를 극진하게 대접하기 위해 온 정성을 기울였다.

미야자키 하야오 감독이 2개월 이상 체류하며 영감을 얻은 이 마을은 애니메이션 〈벼랑 위의 포뇨〉의 배경이 되며 더욱 유명해졌다.

찾아가는 법 JR 후쿠야마역(福山駅)에서 도모코행(鞆港行き) 버스 이용

1.후쿠젠지 대조루(福禅寺 対潮楼)

도모노우라에 도착한 조선통신사가 머물던 공간. 일본에서도 경치가 가장 좋은 곳에 머무르며 국빈 대접을 받았던 통신사 일행은 이곳에서도 예외는 아니었다. 탁 트인 누각에서 바라보는 주변 경치는 마치 액자에 담긴 한 폭의 그림처럼 아름답다. 1711년 조선

통신사의 일원으로 이곳을 방문한 이방언은 '일본 제일의 경승지'라는 극찬을 남기기도 했다. 현재 대조루에는 당시 조선통신사가 남긴 글씨와 그림 등을 관람할 수 있다.

입장료 성인 200엔, 중·고등학생 150엔, 초등학생 100엔 **운영시간** 08:00~17:00 / 연중무휴 **주소** 히로시마 현(広島県) 후쿠야마 시(福山市) 도모 정(鞆町) 도모(鞆) 2

2.도모노우라 옛 거리

도모노우라에는 유명한 옛 골목이 남아 있다. 일본 전통가옥들이 빼곡히 자리잡고 있는 골목길을 걷다 보면 마치 과거로 시간을 되돌린 듯한 착각에 빠지게 된다. 전통가옥을 개조한 상점이나 기념품 가게, 레스토랑, 카페 등이 골목골목 자리잡고 있는데 그중 일본에서 보기 힘든 한약재를 첨가한 보

명주(생명을 보전하는 술) 호메이슈(保命酒)가 유명하다.

센코지 공원千光寺公園

806년에 세워진 센코지는 오노미치 시(尾道市)를 대표하는 절이다. 센코지산 정상 부근에 자리잡고 있어 대개의 관광객들은 케이블카를 타고 올라가고 도보로 하산한다. 산 정상의 전망대에서는 시가지는 물론이고 세토내해의 아름다운 절경을 한눈에 감상할 수 있다. 정상에서 산 아래로 이어지는 길은 좌우로 '문학의 오솔길(文学のこみち)'과 '절의 길'로 갈라진다. 특히 최근에는 젊은 예술가들이 길가의 오래된 집들을 스튜디오로 개조해 정착을 시도하고 있으며 그에 발맞춰 예쁜 카페들이 속속 들어서고 있다.

찾아가는 법 JR 오노미치역(尾道駅)에서 도보 15분 **주소** 히로시마 현(広島県) 오노미치 시(尾道市) 니시쓰치도 정(西土堂町) 19

고양이 골목猫の細道

센코지산 전망대에서 산 아래로 거의 내려올 즈음 관광객들은 색다른 즐거움을 경험한다. 고양이를 그려놓은 귀엽고 앙증맞은 돌들이 골목 곳곳에 숨겨져 있다. 복을 가져오는 숫자인 8에

맞춰 모두 888개의 돌이 있었으나 현재는 1,000개가 넘는다고 한다. 화가 소노야마 슌지(園山春二)가 '오노미치에 복을 가져오라'는 의미로 그린 고양이 돌은 '문학의 오솔길', '절의 길'과 절묘하게 어우러진다. 이 골목은 여성 관광객들의 필수 방문 코스로 자리잡았다.

미야지마 宮島

일본 3대 절경으로 꼽히는 이 섬은 오래전부터 '신의 섬'이라 불리며 신성하게 여겨온 곳이다. 페리에서 내리면 사람들 사이에서 자연스럽게 노니는 사슴들이 이색적인 풍경을 연출한다. 육지에서 페리로 10여 분 정도의 거리에 위치해 접근성도 뛰어나다.

미야지마구치 페리선착장

찾아가는 법 JR 미야지마구치역(宮島口駅) **요금** 성인 편도 180엔, 왕복 360엔 / 어린이 편도 90엔, 왕복 180엔 **운항시간** 06:25~22:45(약 10~15분 간격으로 운항) **소요시간** 약 10분 **관련정보** www.jr-miyajimaferry.co.jp / www.miyajima-matsudai.co.jp

밥이 붙지 않는 주걱

엉: 붙는데?

밥알에 묻혀가고 있어요

미야지마 내의 상업시설이 모여 있는 거리. 페리선착장에서 이쓰쿠시마 신사로 가는 길에 반드시 거쳐 가는 곳이다. 특산물 및 기념품 가게, 음식점 들이 즐비하게 늘어서 있다. 거리 중간쯤에는 수령 270년의 느티나무를 깎아 만든 길이 7.7m, 폭 2.7m, 무게 2.5톤의 대형 주걱 '오샤쿠시(大杓子)'가 방문객들의 시선을 압도한다. 미야지마의 특산품인 비파를 닮은 주걱은 사용하기 쉽고 밥알이 잘 들러붙지 않아 대부분의 관광객들이 구입하는 기념품이다. 참고로 미야지마는 주걱 생산량 전국 1위를 자랑한다.

2.이쓰쿠시마 신사(嚴島神社)

장엄하고 화려한 건축미를 자랑하는 이쓰쿠시마 신사는 1996년 유네스코 세계문화유산으로 등록되었다. 신사는 593년에 창건되어 1168년 현재의 모습으로 재건축되었다. 밀물과 썰물 때의 풍경이 완전히 달라져 신비로움을 더한다. 신사 앞쪽 바다에는 서양인들에게 일본의 이미지로 각인되어 있는 붉은 기둥의 오토리이(大鳥居)가 인상적인 자태를 뽐낸다. '신의 섬'에 인간의 구조물을 박을 수 없어서 60톤 무게의 오토리이를 갯벌 위에 얹어 놓았다고 한다. 갯벌이 드러나는 썰물 때에는 오토리이 근처까지 접근이 가능하다. 웅장한 규모를 자랑하는, 신사 동쪽 언덕 위의 5층 나무탑 고주토(五重塔)도 또 하나의 볼거리다.

평화기념공원 平和記念公園

지난날의 과오를 반성하고 세계 평화를 염원하는 취지를 담아 조성한 공원이다. 공원 내 평화기념관에는 1945년 8월 6일 원폭 투하 당시의 위력과 피해 규모를 생생하게 알 수 있는 수많은 역사 기록들이 전시되어 있다. 비록 골조뿐이기는 하지만 폭심지 주변에서 유일하게 남겨진 원폭돔 건물은 되풀이

<히로시마 세계문화유산>

흥나씨!
세계문화유산을
깔고 앉으면
어떡 하니?

엉덩이가
세계 문화유산
되는거지 무~

긁적여

日本広島 (일본 히로시마
                  원폭돔)
복수지 않고 남겨둠으로서
그날의 아픔을 기억한다

되어서는 안 될 인류의 비극을 상징한다. 이 원폭돔은 유네스코 세계문화유산으로 선정되었는데 당시 선정 위원회에서 다음과 같은 단서를 붙였다고 한다. '인간의 실수와 어리석음을 상징하는 히로시마 원폭돔은 핵무기를 폐기하고 영원한 인류 평화를 추구한다는 서약의 상징입니다.'

공원 한편에는 당시 히로시마에 거주했던 한국인들의 넋을 위로하기 위해 1970년에 세워진 위령비가 있어 숙연함을 더한다.

입장료 무료 **찾아가는 법** JR 히로시마역(広島駅)에서 버스(吉島方面行) 탑승 후 헤이와키넨코엔(平和記念公園) 정류장 하차 또는 노면전차 겐바쿠도무(原爆ドーム前) 정류장 하차 **주소** 히로시마 현(広島県) 히로시마 시(広島市) 나카 구(中区) 나카지마 정(中島町) 1 **전화번호** 082-504-2390

평화기념자료관平和記念資料館

입장료 성인 200엔, 고등학생 100엔 **운영시간** 3~7월, 9~11월 08:30~18:00, 8월 08:30~19:00, 12~2월 08:30~17:00 / 12월 29일~1월 1일 휴무 **전화번호** 082-241-4004

슈케이엔 縮景園

히로시마의 성주였던 아사노 가문이 별장의 정원으로 조성한 공원이다. 중국 항저우의 서호(西湖)를 모방하여 만들었으며, 이곳에서 바라보는 달이 무척 예쁘다 하여 이름 붙여진 명월정(明月亭)에서는 다도체험이 가능하다.

입장료 성인 260엔, 고등학생 및 대학생 150엔, 초·중학생 100엔 **운영시간** 4~9월 09:00~18:00, 10~3월 09:00~17:00 **찾아가는 법** 슈케이엔마에역(縮景園前駅)에서 도보 2분 **주소** 히로시마 현(広島県) 히로시마 시(広島市) 나카 구(中区) 가미노보리 정(上幟町) 2-11 **전화번호** 082-221-3620

〈 다도 〉

차를 마실때는 말을 하지않는다   물끓는소리   바람소리   아이더 소리를 들으며   눈으로 마음을하다

〈 일본 동양화의 특징 〉

鳥 花 風 月 이 꼭 들어간다
새 꽃 바람 달

다실에 들어갈 때는 자수를 수멍으로 기어서 들어간다   신분을 낮춘다는 뜻이다

혼도리상점가 本通商店街

지붕으로 뒤덮인 유럽식 아케이드 안에 수많은 상점들이 쭉 늘어서 있는 히로시마 쇼핑 1번지다. 안데르센과 같은 유명 제과점과 레스토랑, 카페, 패션, 액세서리 등 각종 상점들이 몰려 있다.

찾아가는 법 노면전차 혼도리(本通) 정류장에서 도보 1분 **주소** 히로시마 현(広島県) 히로시마 시(広島市) 나카구(中区) 혼도리(本通) **홈페이지** www.hondori.or.jp

시마나미카이도 しまなみ海道

히로시마 현 오노미치 시와 에히메 현 이마바리 시를 잇는 다리. 세토내해에 위치한 9개의 섬을 10개의 다리로 연결한 해상루트다. 자동차 도로 옆으로 자전거 전용 도로를 갖추고 있어 사이클링 코스로도 유명하다.

홈페이지 www.go-shimanami.jp/global/korea

호텔오후테이 ホテル鴎風亭

대부분의 객실이 세토내해를 바라볼 수 있는 오션뷰다. 잔잔한 바다와 섬들 그리고 그 사이를 지나가는 배들을 바라보며 느긋한 휴식을 취할 수 있다. 옥상 노천온천 역시 오션뷰다.

260

숙박비 2인 1실, 성인 1인 기준 15,000엔~(조식 및 석식 포함, 날짜 및 룸 타입에 따라 요금 상이) **찾아가는 법** JR 후쿠야마역(福山駅)에서 무료 셔틀버스 운행(사전예약) **주소** 히로시마 현(広島県) 후쿠야마 시(福山市) 도모 정(鞆町) 도모(鞆) 136 **전화번호** 084-982-1123

니시야마 별관西山別館

히로시마를 대표하는 료칸이자 일본의 많은 시인과 문호가 들이 애용하는 료칸이다. 세토내해에 인접한 넓은 부지에 총 8개의 별채(離れ)와 신관이 자리잡고 있다. 1947년 창업 이래 조금씩 건물을 증축해 시대에 따라 각기 다른 모습을 보이는데 그 차이를 감상하는 재미가 쏠쏠하다.

숙박비 2인 1실, 성인 1인 기준 16,000엔~(조식 및 석식 포함, 날짜 및 룸 타입에 따라 요금 상이) **찾아가는 법** 오노미치역(尾道駅)에서 택시로 5분, 신오노미치역(新尾道駅)에서 택시로 12분 **주소** 히로시마 현(広島県) 오노미치 치(尾道市) 산바 정(山波町) 678-1 **전화번호** 0848-37-3145

 히로시마 비행정보 (2016.05.13 기준)

히로시마 현 관광정보: http://kr.visithiroshima.net

아시아나항공 (주 5회 운항)
인천→히로시마) 월·화·목·토·일 09:10 출발, 10:30 도착
히로시마→인천) 월·화·목·토·일 11:30 출발, 13:10 도착

일본의 하와이,
일본의 제주도
미야자키

미야자키 미식의 쌍두마차,
지톳코地頭鶏와 치킨난반チキン南蛮

불과 10년 전만 해도 흔치 않은 일이었으나 현대인들은 최근 3대 음식, 10대 절경, 100대 명산 등 분야별로 유명한 곳들에 대한 정보를 쉽고 빠르게 얻을 수 있다. 이런 기준은 인터넷의 발달로 정보량이 늘어나면서 선택 장애에 빠진 대중들에게 귀중한 잣대가 되어준다. 우리보다 먼저 이 작업을 시작한 일본은 더욱 세분화되고 다양한 분야를 아우르고 있다. 그중 관광 명소와 음식점 추천 리스트는 여행객들에게 큰 인기를 모으고 있다. 일본 전역은 물론이고 지역·권역·마을별 진미나 별미들의 정보를 촘촘하게 나누어 제공한다. 심지어 그 재료들까지 상세히 소개하고 있다. 이 추천 리스트는 정부와 지자체 그리고 전문가들의 심사 및 평가를 거쳐 선정되었기 때문에 그 권위를 인정받고 있다.

　우리는 미야자키의 토종닭 시식 소식을 듣고 우려와 기대감이 교차했다. 우려는 '3대 토종닭'이라는 아키타 현(秋田県)의 히나이지도리(比内地鶏), 아이치 현(愛知県)

의 나고야코친(名古屋コ一チン), 이바라키 현(茨城県)의 오쿠쿠지샤모(奥久慈しゃも)의 명성이 너무 견고했던 탓이다. 반면 3대 토종닭의 명성에 자신 있게 도전장을 던졌다는 점에서 기대감이 증폭되었다. 미야자키 토종닭은 '지톳코'라는 이름으로 불리는데, 이는 다리가 짧고 육질이 우수해 지토(地頭, 조세 등을 맡은 관리자)에게 헌상한 것에서 유래한다. 지톳코는 1998년에 구마모토, 오이타, 미야자키 등 3개의 현에서 공동 개발한

토종닭인 '규슈로드'의 품종을 개량한 끝에 얻어낸 결과물이다.

시식장은 과학 세미나장을 방불케 했다. 육질과 맛 등에 대한 전문가들의 열변이 이어졌다. 그러나 참석자들의 관심은 이미 숯불 위에서 노릇노릇 구워지고 있는 '지도리'에 쏠려 있었다. 참숯에 녹고 구워지고 태워지는 지방의 고소한 냄새가 식욕을 자극했다.

현지에서는 닭구이를 '미야자키 지도리(宮崎地鷄)'라 부른다. 소금과 후추를 뿌리고 직화로 굽는 간단하지만 정직한 조리법은 재료에 대한 신뢰가 없다면 쉽사리 시도하기 어려운 결정이다. 잘 익은 닭고기를 취향에 맞게 부위별로 고르고 간이 약하다 싶으면 따로 준비된 유자후추 등에 찍어 먹으면 된다. 닭구이 맛의 핵심은 육질과 풍미에 있다. 미야자키 지도리는 일부러 비선호 부위인 가슴살을 사용했는데 참숯의 향기가 마음을 녹이며 놀랍도록 찰지고 옹골진 육질을 씹다 보면 담백한 풍미가 입안 가득 퍼진다. 2008년 '토종닭 맛 콘테스트'에서 우수상을 타기에

합당한 맛이다. 3대 토종닭과 다른 2개 현의 닭을 이미 맛본 우리는 그들에게 전혀 꿀리지 않는 품질에 엄지를 추켜세웠다. 품종 개량은 물론 자연방목 등 품질 유지에 쏟은 노력이 결실을 거둔 셈이다.

'지도리'와 더불어 미야자키 명물 닭요리는 노베오카 시(延岡市)에서 시작된 치킨난반이다. 치킨난반은 닭고기 가슴살과

허벅지살을 튀김가루와 계란을 입혀 튀긴 후 단식초나 타르타르소스를 듬뿍 얹어 먹는 요리다. 모양은 치킨 가라아게(닭튀김)와 비슷하나 식감은 더 부드럽고 쫄깃하다. 원래 닭가슴살은 치킨커틀릿이나 튀김에 잘 사용되지 않는 부위지만 1955년 노베오카 시의 '런던'이라는 양식점에서 종업들 식사용으로 만든 음식에서 유래한 치킨난반은 가슴살을 쓴다. 참고로 단식초소스 스타일의 뿌리는 '나오찬(直ちゃん)'이며 타르타르소스 스타일은 '오구라(おぐら)'에서 창시되었다. 전자는 맥주 안주로 좋고 후자는 밥반찬으로 그만이다. 이 2가지 스타일을 중심으로 미야자키 내에는 치킨난반 식당들이 즐비하다. 현지인에 따르면 치킨난반을 취급하는 음식점들의 현황 파악은 힘들지만 최근 인기몰이 중인 치킨난반카레 전문점은 이미 100여 개가 넘었다고 한다. 순간 쌍두마차가 떠올랐다. 미야자키는 지톳코가 토종닭의 명성을 잇고 있으며 치킨난반이 지역의 별미로 미식을 이끌고 있는 형국이다.

치킨난반의 부드러움에 취해 게 눈 감추듯 그릇을 비우고 소화도 시킬 겸 시내 산책을 하다 보니 거짓말을 조금 보태 한집 건너 치킨난반 간판이 사람들을 유혹하고 있다.

미야자키지도리 판매 음식점

군케이카쿠시구라 본점(ぐんけい隠蔵本店)

대표메뉴 지도리 구이요리 850엔~, 지도리 사시미 모둠 1,380엔~ **영업시간** 17:00~24:00 **찾아가는 법** 미야자키역(宮崎駅)에서 도보 15분 **주소** 미야자키 현(宮崎県) 미야자키 시(宮崎市) 주오도리(中央通) 8-12 **전화번호** 0985-28-4365

치킨난반 판매 음식점

❶나오찬(お食事の店 直ちゃん)

대표메뉴 치킨난반 정식 900엔, 다타키풍 정식 1,000엔, 닭허벅지살구이 정식 1,200엔 **영업시간** 런치 11:00~14:00, 디너 17:00~20:00(수~일) / 매주 화요일 휴무 **찾아가는 법** JR 노베오카역(延岡駅)에서 도보 3분 **주소** 미야자키 현(宮崎県) 노베오카 시(延岡市) 사카에 정(栄町) 9-3 **전화번호** 0982-32-2052

❷오구라 본점(おぐら本店)

대표메뉴 치킨난반 **영업시간** 런치 11:00~15:00, 디너 17:00~20:30 / 매주 화요일 휴무 **찾아가는 법** JR 미야자키역(宮崎駅)에서 도보 15분 **주소** 미야자키 현(宮崎県) 미야자키 시(宮崎市) 다치바나도리히가시(橘通東) 3-4-24 **전화번호** 0985-22-2296

미야자키는. 일본 전역에서
볼 수 있는 이것을 볼 수 없다
3일째인가 한번도 먹지
못했다 《소바》

가고시마 사람들이 인정하는 기리시마주조

일본에서 소주하면 가고시마고 가고시마하면 소주로 통한다. 가고시마에서 술 한 잔 하자는 건 소주(燒酎) 한잔하자는 것과 동일한 의미다. 가고시마 사람들에게 소주란 자존심이자 자부심이며 이는 모든 일본인들도 인정하는 사실이다. 부작용이 하나 있다면 다른 지역의 소주는 인정하지 않는 배타적 성향을 보인다는 점이다. 그런 그들이 가고시마 이외에서 생산되는 소주 중 유일하게 인정하는 곳이 있으니 바로 미야자키 현 기리시마주조(霧島酒造)다.

1916년 창업한 기리시마주조는 소주와 지역 맥주를 생산하는 유서 깊은 양조장으로 하루 300톤 이상의 고구마를 소비할 정도의 규모를 자랑한다. 대표 브랜드는 구로기리시마(黑霧島)와 아카기리시마(赤霧島)다. 구로기리시마는 고가네센간(黃金千貫)이란 고구마와 검은누룩을 사용하여 붙은 이름이며 봄가을에만 만들기 때문에 제조량이 많지 않다. 그럼에도 인기가 많아 수입하기 어려운 술이다. 한편 아카기리시마는 자색고구마로 만들기 때문에 붙은 이름이다. 이 두 소주는 매년 일본 소주 랭킹 상위권을 차지할 정도로 그 맛을 인정받고 있다. 가고시마 사람들은 가고시마산 고구마를 사용해 그 맛이 좋다고 억지(?)를 부릴 만큼 탐을 내는 소주다. 한마디로 미야자키 현의 일당백 소주란 뜻이다.

일본 소주 판매 1위
　　霧島酒造 (기리시마 주조)
큰 공장이 4곳
하루 고구마 320t 소비
하루 쌀 　64t 소비
1년에 　4,000,000병 생산
　　　　　　　　(1.8ℓ)

이 많은 술을
나를 위해
만들다니!

하루에 1병씩
만 마셔도…

4만년치
셈…

먹　을　거　리

지조안 地蔵庵

료칸임에도 먹을거리에서 소개하는 이유는 바로 정진요리 때문이다. 정진요리(精進料理)란 사찰요리로 생각하면 이해가 쉽다. 지조안의 정진요리는 창작요리지만 불교의 교리를 잘 따르고 있다. 총 15~16개의 코스로 구성되어 있으며 고기와 생선, 계란은 물론 동물성 음식은 일절 사용하지 않는다.

6개의 객실만 운영하고 있으며 미야자키에서 유일하게 작은 오두막 형태의 일본식 료칸이다. 온천은 미인탕, 보배의 탕으로 사랑 받고 있다.

숙박비 2인 1실, 성인 1인 기준 15,500엔~(조식
및 석식 포함, 날짜 및 룸 타입에 따라 요금 상이)
찾아가는 법 JR 고도모노쿠니역(子供の国駅)에
서 도보 10분 **주소** 미야자키 현(宮崎県) 미야자
키 시(宮崎市) 아오시마(青島) 1-6-4 **전화번호**
0985-65-0039

가쓰오 숯불화로구이 찬합カツオ炙り重

미야자키의 니치난해안(日南海岸)은 일본 최고의 가다랭어 외바늘 낚시를 자랑한다.
원래 가쓰오 사시미를 다진 다타키(カツオのたたき)가 인기였으나 최근에는 '훈제' 요
리법이 각광을 받고 있다. 그중 간장을 기본으로 한 양념장에 절여 훈제한 가쓰오
를 숯불에 구워 먹는 메뉴의 인기가 높다. 사시미나 기존의 다타키와는 또 다른 독
특한 훈제 향을 풍기며, 구워 먹는 재미가 일품이다.

갤러리 코다마ギャラリーこだま

대표메뉴 가쓰오 숯불화로구이 찬합 정식 1,300엔 **영업시간** 10:00~17:00(런치: 11:30~17:00) / 매주 화요일
휴무 **찾아가는 법** JR 오비역(飫肥駅)에서 도보 2분 **주소** 미야자키 현(宮崎県) 니치난 시(日南市) 오비(飫肥) 8-1-
1 **전화번호** 0987-25-0602

소바

규슈의 남단에 위치한 미야자키는 기후와 식생활의 차이 때문에 소바 수준이 그리 높은 편은 아니다. 그나마 소바도코로 텐안(そば処 天庵)이 있어 위안을 삼는다. 계약 농가에서 매매한 메밀을 맷돌에 갈고 신에게 바칠 정도의 명수를 사용해 수타로 소바를 만든다. 직접 재배한 쌀과 야채만을 사용한 반찬들은 소바의 풍미를 더한다.

소바도코로 텐안そば処 天庵

대표메뉴 소바정식 코스 1,300엔, 1,700엔, 2,300엔 / 자루소바 870엔, 가케소바 870엔 **영업시간** 런치 11:00∼15:00, 디너 17:00∼20:00(디너는 예약필수) **찾아가는 법** 다카치호 버스센터(高千穂バスセンター)에서 도보 5분 **주소** 미야자키 현(宮崎県) 니시우스키 군(西臼杵郡) 다카치호 정(高千穂町) 미타이(三田井) 1180-25 **전화번호** 0982-72-3023

세토내해와 맞닿은 섬
아오시마青島

둘레 1.5km의 작은 섬으
로 주변의 파상암 지대
가 장관을 이룬다. 울퉁
불퉁한 모양으로 일명
도깨비 빨래판이라 불린
다. 섬 전체가 야자수를
비롯한 수백 종의 열대
식물이 가득하여 이국적
이면서 신비로운 분위기
를 연출한다.

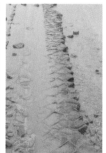

니치난 해안 日南海岸

남국의 정취를 한껏 만끽할 수 있는 일본 최남단의 리아스식 해안이다. 일본 열도에서 바다 빛깔이 가장 아름다운 곳으로 드라이브 코스와 자전거 일주 코스를 갖추고 있다. 아오시마를 가기 위해서 반드시 거쳐 가는 해안이다.

오비성 飫肥城

16세기 후반부터 메이지 초기까지 280여 년간 오비번을 지켜온 이토(伊東) 가문의 성. 메이지유신 이후 성은 사라지고 성터만 남았으나 지난 1978년 복원사업을 진행하면서 성의 정문 격인 오테몬(大手門)과 에도시대 건축양식을 볼 수 있는 무가가옥 마쓰오노마루(松尾の丸) 등을 재건했다. 오비 번주의 저택인 요쇼칸(豫樟館)에는 권력자들만이 소유했다는 가와고자부네(川御座船)의 축소모델이 전시되어 있다. 성 주변으로 형성된 마을에는 에도시대의 느낌이 남아 있는 돌담과 회반죽의 벽 그리고 영주의 저택들이 보존되어 있다. 남규슈의 작은 교토라 불릴 만하다. 마을의 거리는 '중요 전통적 건조물 보존지구'로 선정될 정도로 그 가치를 인정받고 있

다. 마을에는 36개의 점포가 있으며 지도에 붙어 있는 쿠
폰을 들고 방문하면 아이스크림이나 작은 기념품 등을 받
을 수 있다. 오비성하마을(飫肥城下町)을 방문할 계획이라
면 쿠폰세트와 입장료가 함께 제공되는 티켓을 추천한다.

찾아가는 법 JR 오비역(飫肥駅)에서 도보 10분 **주소** 미야자키 현(宮崎県) 니치
난 시(日南市) 오비(飫肥) 지구

다베아루키 · 마치아루키食べあるき · 町あるき Map 쿠폰

가격 600엔 ※전 시설 입장료 포함 세트 Map: 성인 1,100엔, 고등·대학생
1,000엔, 초·중학생 900엔 **구입처** 오비성 주차장 및 오비성 내 시설 창구

우도신궁 鵜戸神宮

동굴 속에 자리한 일본의 유일한 신궁
이자 태평양을 바라보는 언덕가에 위
치하여 일본에서 최고의 경치를 자랑
하는 신궁이다. 일본의 첫 번째 왕인 진
무황제의 아버지를 모시는 곳으로 전
설에 따르면 산신과 해신의 딸이 결혼
하여 낳은 아이가 진무황제의 아버지
이며 이 동굴에서 성장했다고 한다. 이
런 전설 탓에 백년회로를 기약하는 신
혼부부나 순산을 기원하는 임산부들의
방문이 잦다. 신궁에서 판매하는 운다
마(점토로 만든 복구슬)를 신전 앞 바닷가

에 위치한 거북등의 작은 구멍에 넣으면 소원이 성취된다는 속설이 있다. 단, 남자는 왼손, 여자는 오른손으로 소원을 빌며 던져야 한다.

운영시간 4~9월 06:00~19:00, 10~3월 07:00~18:00 / 연중무휴 **찾아가는 법** 이비이역(伊比井駅)에서 노선버스 탑승 후 우도진구(鵜戸神宮) 정류장 하차 **주소** 미야자키 현(宮崎県) 니치난 시(日南市) 미야우라(宮浦) 3232 **전화번호** 0987-29-1001

아야초 綾町

일본 '유기농 마을'의 상징이자 청정마을의 대명사로 통하는 곳이다. 농산물 구입과 농업 시찰, 관광 등을 위해 한해 약 150만 명의 방문객이 발길을 잇고 있다. 전체 면적의 80%가 산림지대로 본디 벌목과 숯의 고장이었으나 산림 황폐화와 인구 감소로 인해 마을 공동화 현상이 심각해지자 마을 주민의 역량을 유기농에 투입해 얻은 결과라 더욱 인상 깊다. 마을 중앙의 혼모노센터를 방문하면 아야초의 유기농 농산물과 가공품을 구매할 수 있다.

아야테즈쿠리 혼모노센터 綾手づくりほんものセンター

영업시간 4~9월 08:30~18:00, 10~3월 08:30~17:30 **주소** 미야자키 현(宮崎県) 히가시모로카타 군(東諸県郡) 아야 정(綾町) 미나미마타(南俣) 515 **전화번호** 0985-77-0777

슈센노모리 酒泉の杜

맑은 물로 빚은 미야자키 현의 술을 한데 모아 놓은 테마파크. 소주, 청주, 포도주, 맥주, 와인 등 주조 공정의 견학과 시음도 가능하다. 특히 오크통 숙성으로 뛰어난 향과 풍미를 자랑하는 미야자키 소주의 인기가 높다.

운영시간 09:00〜19:00(시설에 따라 운영시간 상이) **찾아가는 법** 미야자키역(宮崎駅)에서 버스(酒泉の杜行き) 탑승 후 종점에서 하차 **주소** 미야자키 현(宮崎県) 히가시모로카타 군(東諸県郡) 아야 정(綾町) 미나미마타(南俣) 1800-19 **전화번호** 0985-77-2222

데루하 대적교 照葉大吊橋

높이 142m, 길이 250m로 세계 최고의 높이를 자랑하는 인도교(人道橋)다. 일본 최대의 청정 조엽수림을 한눈에 바라볼 수 있는 조망이 일품이다.

입장료 초등학생 이상 300엔 **운영시간** 4〜9월 08:30〜18:00, 10〜3월 08:30〜17:00 **찾아가는 법** 미야자키역(宮崎駅)에서 버스(酒泉の杜行き) 탑승 후 종점에서 하차 **주소** 미야자키 현(宮崎県) 히가시모로카타 군(東諸県郡) 아야 정(綾町) 미나미마타오구치(南俣大口) 5691-1

다카치호 高千穂

1.다카치호 협곡(高千穂峡)

미야자키 현을 대표하는 관광 명소. 아소 용암이 침

식되어 형성된 20km 길이의 세곡으로 그랜드캐니언의 축
소판을 연상하게 만든다. 이 협곡의 주상절리 절벽은 아
소산의 화산폭발 때 뿜어져 나온 화산 분출물이 고카세가
와(五ヶ瀬川)를 따라 띠 형태로 흐르다가 냉각되어 형성된
것이다. 보트를 빌려 직접 노를 저으며 이 협곡을 통과하
는 맛은 미야자키 관광의 하이라이트라 할 만하다. 주상
절리 절벽에서 떨어지는 '마나이노타키(真名井の滝, 폭포)'의
장관은 특별한 추억으로 남는다.

찾아가는 법 JR 노베오카역(延岡駅)에서 노선버스로 1시간 30분 소요 **주소** 미
야자키 현(宮崎県) 니시우스키 군(西臼杵郡) 다카치호 정(高千穂町) 미타이오시
오이(三田井御塩井) **전화번호** 098-273-1213 **보트탑승** 08:30~17:00, 보트 1
척(30분) 2,000엔 **홈페이지** www.takachiho-kanko.info/ko

2.다카치호 신사(高千穗神社)

1200년의 역사를 자랑하는 신사. 신전 옆 뿌리가 연결된 삼나무를 사랑하는 사람과 손을 잡고 3번 돌면 가정의 안전과 자손번영의 소원이 이뤄진다고 한다. 신사 주변의 수백 년 수령을 자랑하는 고목들은 엄숙한 분위기를 자아낸다.

입장료 무료 **주소** 미야자키 현(宮崎県) 니시우스키 군(西臼杵郡) 다카치호 정(高千穗町) 미타이(三田井) 1037 **전화번호** 0982-72-2413

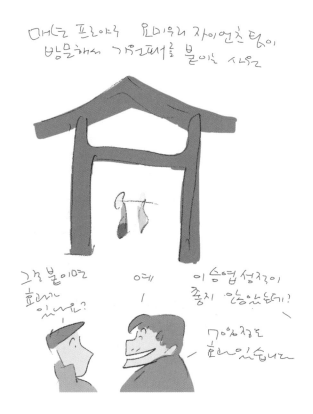

3.다카치호 가구라(高千穂 神楽)

가구라는 가면을 쓰고 음악에 맞춰 춤을 추는 제사 예능이다. 다카치호 가구라는 일종의 마을제사 즉, 마을 굿이지만 국가지정 중요무형민속문화재로 지정될 만큼 중요성을 인정받고 있다. 다카치호 신사 경내에서는 33개의 가구라 중 엄선한 4개의 가구라를 매일 밤 8시부터 1시간 동안 일반인들을 상대로 공개한다.

입장료 700엔 **장소** 다카치호 신사 경내 **시간** 20:00~21:00

아마노야스가와라天安河原

일본서기에 전해지는 최고의 신 아마테라스 오미카미가 숨어 있었다는 전설의 동굴. 수많은 사람들이 소원을 빌며 쌓은 돌들이 동굴의 분위기를 더욱 신비롭고 환상적으로 만든다. 동굴을 보려면 아마노이와토 신사(天岩戸神社)를 거쳐야 한다.

아마노이와토 신사天岩戸神社

입장료 무료 **주소** 미야자키 현(宮崎県) 니시우스키 군(西臼杵郡) 다카치호 정(高千穂町) 이와토(岩戸) 1073-1 **전화번호** 098-274-8239

가구라 가면 채색 체험 神楽面彩色体験

가구라에 사용되는 가면을 칠하는 체험.

체험비 1인당 2,800엔 **접수장소** 마치나카 안내소 **주소** 미야자키
현(宮崎県) 니시우스키 군(西臼杵郡) 다카치호 정(高千穂町) 미타이
(三田井) 802- 3 **전화번호** 098-273-1800

쉐라톤 그랜드 오션 리조트 Sheraton Grande Ocean Resort

미야자키를 대표하는 호텔. 전체 면적 700ha, 남북으로 11km의 길이를 자랑하는
송림에 둘러싸인 154m의 초고층 인터내셔널 리조트다. 전 객실에서 태평양을 바
라볼 수 있으며 최고급 레스토랑과 온천 그리고 리조트 시설을 즐길 수 있다. 이곳

골프장은 던롭피닉스 토너먼트가 개최
될 정도로 명성이 높으며 이대호 선수
가 활약했던 소프트뱅크 시혹스와 국
내 프로야구팀의 전지훈련장소로 이용
될 만큼 부대시설도 다양하다. 만월이
만개한 시기에 저녁 산책로로 사랑받
고 있는 '달의 길'도 명물이다.

찾아가는 법 JR 미야자키역(宮崎駅)에서 택시로 15분
주소 미야자키 현(宮崎県) 미야자키 시(宮崎市) 야마
사키 정(山崎町) 하마야마(浜山) **전화번호** 0985-21-
1113 **홈페이지** www.seagaia.co.jp

사자레이시다카시마 ^{さざれ石高島}

4개의 방만 운영하는 소규모 현대식 료칸. 규모가 작은 만큼 보다 밀착된 서비스를 제공한다. 전통을 현대적으로 재해석한 료칸에서 세련된 휴식을 즐길 수 있다.

숙박비 2인 1실, 성인 1인 기준 13,000엔~(조식 및 석식 포함, 날짜 및 룸 타입에 따라 요금 상이) **찾아가는 법** JR 노베오카역(延岡駅)에서 버스 탑승 후 혼무라(本村) 정류장 하차 **주소** 미야자키 현(宮崎県) 노베오카 시(延岡市) 기타우라 정(北浦町) 후루에(古江) 2535-2 **전화번호** 0982-45-2268

호텔시키미 ^{杜の宿 ホテル四季見}

다카치호 주변에 위치한 료칸. 시설은 평범한 수준이지만 전통의 맛을 재해석한 소쇼쿠(蘇食) 요리의 조식은 일본 최고라 자부할 만큼 평판이 좋다.

숙박비 2인 1실, 성인 1인 기준 10,000엔~(조식 및 석식 포함, 날짜 및 룸 타입에 따라 요금 상이) **찾아가는 법** 다카치호 버스센터(高千穂バスセンター)에서 도보 10분 **주소** 미야자키 현(宮崎県) 니시우스키 군(西臼杵郡) 다카치호 정(高千穂町) 미타이(三田井) 729-29 **전화번호** 0982-72-3733

元緑(겐로쿠) 시대.
일본에는 엿날로
사무나가 있었다

앗!
힌 동백꽃과
빨간 동백꽃이
한나무에서
피었다

바람피워서
그런거예요

 미야자키 비행정보 _(2016.05.13 기준)

미야자키 현 관광정보: www.kanko-miyazaki.jp/korean

아시아나항공(주 3회 운항)
인천→미야자키) 수·금 09:40 출발, 11:20 도착 / 일 16:00 출발, 17:40 도착
미야자키→인천) 수·금 12:30 출발, 14:10 도착 / 일 18:50 출발, 20:30 도착

허영만 이토록 맛있는 일본이라면

1판 1쇄 발행 2016년 6월 7일
1판 5쇄 발행 2017년 2월 7일

글쓴이　　허영만·이호준
펴낸이　　신민식
자료제공　　일본자치체국제화협회

편집　　경정은·정혜지
디자인　　박정은
마케팅　　이수정
경영지원　　백형준·박현하

펴낸곳　　가디언
출판등록　　2010년 4월 15일
주소　　서울시 마포구 토정로 222 한국출판콘텐츠센터 319호
전화　　02-332-4103 (마케팅) 02-332-4104 (편집실)
팩스　　02-332-4111
홈페이지　　www.sirubooks.com　　**이메일**　　gadian7@naver.com
인쇄·제본　　(주)상지사 P&B　　**종이**　　월드페이퍼(주)

ISBN 978-89-94909-91-2 03810